어른이 되면 단골바 하나쯤은 있을 줄 알았지

어른이 되면
단골바 하나쯤은 있을 줄 알았지

초판 1쇄 발행 2022년 3월 3일

지은이 | 박초롱
펴낸이 | 조미현

책임편집 | 박이랑
디자인 | 디스커버

펴낸곳 | 현암사
등록 | 1951년 12월 24일 (제10-126호)
주소 | 04029 서울시 마포구 동교로12안길 35
전화 | 02-365-5051 | 팩스 02-313-2729
전자우편 | editor@hyeonamsa.com
홈페이지 | www.hyeonamsa.com

ISBN 978-89-323-2198-1　03810

어른이 되면
단골바 하나쯤은
있을 줄 알았지

박초롱 지음

현암사

머리말

어른이 되면 단골바 하나쯤은 있을 줄 알았다. 단골바뿐이랴. 어른이 되면 한강은 아니더라도 실개천이 내려다보이는 아파트 하나쯤은 있을 줄 알았다. 뚜껑 열리는 람보르기니는 아니더라도 국민 차 한 대는 뽑을 줄 알았으며, 멋있는 할머니로 늙기 위해 차곡차곡 연금을 붓고 있을 줄 알았다. 아, 이것은 일장춘몽이라. 한여름 밤의 꿈이라. 제자야, 무서운 꿈을 꾸었느냐. 아닙니다. 덧없는 꿈을 꾸었습니다.

지금 나는 서울의 작은 전셋집에 산다. 5년 전만 해도 영혼의 발톱까지 쥐어짜 빚을 내면 서울 끝자락에 방 두 개짜리 아파트를 살 수 있었을지 모르지만, 그때 나는 정부의 부동산 정책 실패를 예상하지 못했다. 그러니 내 앞에서 '내 집 마련'의 '내'자도 꺼내지 말라. 그리고 내게는 20만km를 달린 소중한 차, 토태지(토스카+서태지)가 있다. 2008년 서태지가 광고하던 6기통의 그 차다. 서태지 노래만큼이나 오래된 그 차는 20만km라는 주행거리 때문에 종종 택시로 오해받고는 한다. 3년 전 형부에게 50만 원에 넘겨받은 토태지는 내 꿈의 차와는 거리가 멀다.

노후연금? 국민연금에 돈을 부으면서도 나는 과연 내가 할머니가 되었을 때 그 돈을 돌려받을 수 있을까 의심한다. 코인과 주식으로 벼락부자가 된 이들을 보며, 벼락거지가 된 나는 가끔 회의한다. 국민연금을 넣을 게 아니라 비트코인을 샀어야 했나 봐.

내 나이 서른다섯. 요리 보고 저리 보아도 어른인 나는 그렇게 어릴 적 희망을 종이비행기에 접어 날려 보냈다. 떴다. 떴다. 비행기. 날아라. 날아라. 집도, 차도, 노후 대비도 아스라이 사라졌다. 그런 소망을 가질 때 당연히 있으리라고 생각했던 것들이 지금 내게는 없다. 집이 없고,

뚱뚱한 지갑이 없고, 근사한 할머니로 늙기 위한 연금이 없다. 나의 노년에도 지구가 안전하리라는 보장이 없고, 혐오가 놀이가 된 시대에 무사히 나이 들 수 있을 거라는 기대가 없다. 안전한 미래는 지난주에 길을 걷다 도둑맞았고, 눈부신 희망은 어제 드라이마티니와 바꿔 먹었다.

그렇게 '어른이 되면'에 대한 희망을 다 날려버리자 내 손에 남는 게 있었다. 판도라의 상자 속에도 마지막 희망이 남아 있던 것처럼. 어른이 되면 단골바 하나쯤은 있을 줄 알았지. 그래. 내게는 단골바가 남았다. 정확히 말하자면, 바를 다닐 수 있는 취향이 남았다. 무언가를 애호하고 아끼는 마음이 남았다. 이것은 나의 작고 이상한 세계에 대한 이야기다.

집도 절도 없는 주제에 취향만 있는 게 어디 나쁠일까? 영화 〈소공녀〉의 미소는 돈이 없자 위스키와 담배를 포기하는 대신 월세방을 빼고 친구 집을 여행한다. 미깡 작가 원작의 드라마 〈술꾼도시여자들〉의 세 여자도 다른 건 다 포기해도 술은 포기하지 못한다. 안 그래도 얇은 지갑을 더 얇게 만드는 취향을, 마지막의 마지막까지 붙드는 이들은 현실에도 많다. 월급 300만 원에서 30만 원을 헐어 한 끼의 오마카세를 먹는 당신, 용돈 30만 원에서 3만 원을 빼내 최애의 포토카드를 사는 당신, 하루 3만 원의 생활비를 아껴 3천 원짜리 생초콜릿을 사 먹는 당신이다. '우리가 집 살 돈이 없지 술 사 먹을 돈이 없냐'고 외치며 한 잔에 2만 8천 원 하는 칵테일을 사 먹는 너와 나다.

무언가를 애호한다는 것이 사치로 여겨지는 시대다. 한껏 마음을 내어주는 일은 자주 '욜로하다 골로 간다'거나 '가난한 애들은 이유가 있다'라는 말로 폄하된다. 어떤 것을 좋아하는 일에는 돈과 시간이 들기 때문이다. 마시고 싶은 거 다 마시면서 집이 없다고 불평한다고, 하고 싶은 거 다 하고 살면서 미래가 없다고 투덜거리다니! 좋아하는 마음에도 자격이 필요해진다. 근면히 노동하고 아껴 통장부터 두둑이 만들 것, 일단 적금부터 붓고 드립커피를 사 마실 것, 빈티지 인테리어는 먼저 집을 산 이후에 할 것. 삶의 우선순위는 자본에 논리에 맞춰 줄을 선다. 집과 차가 없는 자, 칵테일을 탐하지 말지어다.

'아껴야 잘 산다'는 캐치프레이즈는 여러 번 이름을 바꾸며 휴식과 즐김의 자리에 노동과 절약을 채워왔지만, 애호하는 이들은 꾸준히 살아남아 자신만의 세계를 만들어왔다. 오래된 턴테이블을 사고 LP를 올리고, 1년간 모은 돈으로 프랑스 와이너리 투어를 떠난다. 나는 바에 앉아 연극적인 제스처를 취하며 한 잔의 칵테일을 마신다.

얼마 전 딸기에 취한 사람을 만난 적이 있다. 그는 단단함과 부드러움, 달콤함과 상큼함에 따라 딸기를 분류한다는 것을 알려주었다. 단단하고 달콤한 금실딸기에서는 복숭아같은 향이 난다는 것도, 달콤하고 부드러운 만년설은 딸기에 눈을 섞은 듯한 핑크빛을 띤다는 것도, 금실에서 느껴지는 달달함은 다른 딸기와 달리 꿀에 가깝다는 것도, 나는 그를 통해 배웠다. 제철에 딸기 농장에 찾아가 막 딴 딸기를 맛보는 건 즐거웠고, 가까운 곳에 붙어 있는데도 농장마다 딸기 맛이 다르다는 건 놀라웠다.

애호하는 사람에게만 보이는 깊고 넓은 세계가 있다. 시간을 들여 천천히 살펴야만 보이는 세계, 손으로 더듬어야만 느낄 수 있는 세밀한 결, 여러 번 곱씹고 음미해야만 알 수 있는 기쁨이 있다. 무언가를 좋아하게 된 사람이 보는 세상은 이전과는 다르다고 믿는다. 사랑에 빠지는 일은 아무리 계속해도 질리지 않는다. 온 마음을 다해 무언가를 좋아해 본 사람은 알지 않을까. 그 마음으로 인해 세상이 달라진다는 걸.

무언가를 아끼고 좋아하고 즐기는 마음을 응원한다. 애호하는 마음에 자격을 고민하지 않았으면 한다. 내게는 술, 특히 칵테일이 그렇다. 어른이 되면 단골바 하나쯤은 있을 줄 알았던 어린 나는, 자라서 칵테일을 좋아하는 어른이 되었다. 출간 축하 파티에는 미모사를, 추운 겨울 밤에는 에그노그를, 일상이 지루한 날이면 페니실린을 마신다. 덕질의 끝은 창업이라고 했나. 이 바 저 바를 종종거리다가 결국 내 손으로 바를 차리기도 했다. 이 책에는 술에 대한 찬양과, 칵테일에 대한 예찬과, 그것들을 마시며 내가 만난 사람에 대한 이야기를 담았다. 이 글을 읽으며 당신이 무언가를 좋아하리라 마음먹는다면, 혹은 좋아하던 마음을 응원받는 기분이 든다면 좋겠다. 당신이 그 작고 이상한 세계를 지켜나가기를.

글을 쓰는 대부분의 이들이 그렇듯, 나도 원고를 완성

시키는 동안 '내 글은 글렀어'와 '생각보다 괜찮은데' 사이를 메트로놈처럼 왔다 갔다 했다. 책을 낼 수 있었던 건 내가 끝까지 내 글을 사랑하게 도와준 박이랑 편집자 덕분이다. '저도 출판에 대한 고민이 많답니다'로 시작한 그녀의 입담은 종내엔 '그래서 이 책은 의미가 있습니다'로 끝나곤 했다. 그의 말에 나는 언제나 설득당했다. 애호하는 마음에 대한 글은 내가 썼는데, 정작 그 마음을 지켜주게 한 건 박이랑 편집자였다. 그녀에게 감사하다는 인사를 전하고 싶다.

2022년 2월
박초롱

차례

머리말   5

첫잔.
애호가의 기쁨, 애주가의 슬픔

마시는 만큼 우리의 세계는 넓어지니까   17
애호하는 마음   25
바에 앉아 발견되기를 기다리는 마음에 대해서   31
술 좀 하세요?   37
사랑이 떠난 자리에 남는 것   45
낯섦의 술 처방   52
술 좋아하는 사람 중에 나쁜 사람 없어   59
타인의 슬픔은 너무 멀고, 기쁨은 왜 이렇게도 가까울까   65
삶의 다음 챕터를 기다리는 즐거움   72
집은 없어도 취향은 있다   78
무엇을 위한 것도 아닌 시간   85
인생 술 총량의 법칙   91

두번째잔.
대충 살자, 스크루드라이버 만드는 미국인처럼

오늘도 한 편의 연극을 한다는 마음으로   101
엄마는 다시 태어나면 뭐가 되고 싶어?   109
대충 살자, 스크루 드라이버 만드는 미국인처럼.   117
내가 이 세상에 태어난 확률은   123
딱 한 잔만 마셔야 한다면   131

너무 얼렁뚱땅 사랑하는 거 아냐?　　　139

매일 달라지는 블루하와이의 맛　　　145

모든 이별은 각자의 몫이다　　　152

어떻게 계속 견뎌낼 수 있다는 말인지　　　158

경험주의자의 소비　　　164

이러려고 사는 거지　　　170

세 번째 잔.
당신의 작고 이상한 세계가 사라지지 않도록

헤어짐을 위한 마가리타　　　181

웃기지 않으면 웃지 말자　　　188

보드카의 잃어버린 고향을 찾아서　　　194

취하지 않을 정도로 마시기　　　200

외로움의 맛　　　206

누구나 살면서 한 번은 선 밖으로 밀려난다　　　212

대체 연애는 언제 졸업하는 거지　　　220

내가 술을 끊으면, 지구는 누가 지키지?　　　226

운명에게도 이유는 있다　　　235

어떤 술의 맥락과 기능　　　242

행복할 기회와 불행할 자유　　　249

마티니를 마시고 싶은 기분　　　257

첫 잔.
애호가의 기쁨,
애주가의 슬픔

마시는 만큼
우리의 세계는 넓어지니까

비가 추적추적 오는 날이면 막걸리 생각이 난다. 봄비보다는 장맛비라면 더할 나위 없다. 빗소리에 끝을 바삭하게 부친 얇은 파전이, 오래 두면 맑은 물이 슬며시 떠오르는 막걸리가 생각이 나지 않을 수 있나? 창문을 열었는데 비가 오면 하던 일을 멈추고 부엌에 간다. 부침가루에 냉동실에 있던 해산물이며 파를 되는대로 썰어 넣고 주걱으로 착착 섞는다.

"전을 바삭하게 부치려면 말이야. 밀가루에도 기름을 좀 넣어야 해."

가문의 비밀인 양 조심스레 알려준 엄마의 팁대로 반죽

에도 기름을 좀 넣고, 군데군데 칠이 벗겨진 프라이팬에 카놀라유를 넉넉하게 두른다.

전은 '굽는다'거나 '튀긴다'는 동사보다는 역시 '부친다'에 찰싹 달라붙는다. 단어에 딱 붙는 동사를 쓰면 날씨에 어울리는 술을 마실 때만큼이나 속이 시원하다. 타닥타닥타닥. 차륵차륵차륵. 파전 부치는 소리는 빗소리랑 퍽 잘 어울린다. 두어 장 부치고 나면 살얼음이 생기도록 냉동실에 넣어둔 막걸리를 꺼낸다.

서울막걸리, 장수막걸리, 지평막걸리는 무난하니 어디에도 어울리고, 밤막걸리, 꿀막걸리, 오미자막걸리는 달달해서 안주 없이도 꿀떡꿀떡 넘어간다. 복순도가, 송명섭 막걸리, 느린마을 막걸리는 귀한 손님을 모셨을 때 좋다. 술이 있으면 또 어울리는 잔이 빠질 수 없지. 이 빠진 오래된 밥그릇에 되는대로 막걸리를 부어 놓고 깨를 잔뜩 뿌린 간장에 바삭한 파전을 찍어 먹으면 비로소 비 오는 날이 완성된 기분이 든다.

막걸리집에서 마시는 막걸리에는 이것과는 또 다른 정취가 있다. 동학, 무월, 술익는마을, 산울림 등 어딘가 민주화 운동 느낌이 나는 간판을 내건 막걸리집에는 으레 김광석이나 이문세, 유재하 노래가 나오기 마련이다.

이십 대에 부르나 삼십 대에 부르나 괜히 서러워지는 김광석의 〈서른 즈음에〉를 배경으로 하고, 반질반질 뭉툭해진 나무 탁자에 술잔을 올린다. 금색 스테인리스 잔에 꼴꼴꼴 막걸리를 따른다. 양껏 퍼먹을 수 있는 뻥튀기 안주를 노란 조명 밑에서 주워 먹으면 나도 나라 걱정을 해야 할 것 같다.

내가 대학을 다닐 때 학교 앞에 있던 막걸리집은 지하에 있어서인지 인터넷이 잘 터지지 않아서 뭔가를 검색하거나 카톡이라도 보낼라치면 일 층까지 올라가야 했다. 덕분에 술을 마시는 동안 의도치 않은 디지털 디톡스를 하게 되었고, 친구의 이야기에 온몸을 풍덩 담글 수 있었다. 사장님은 늘 무심해 보였는데도 은근히 세심한 구석이 있었는지 오랜 시간 손님들이 남기고 간 날적이를 입구에 보관해 누구나 읽을 수 있게 했다. 날적이에 켜켜이 쌓인 기억들은 내 것이 아니었는데도 애틋했다.

볕이 쨍하게 내리쬐어 뒷목을 따라 땀이 흘러내리는 날에는 과연 맥주다. 선선한 바람이 부는 여름밤, 반팔 티셔츠 위에 가볍게 셔츠를 걸치고 집 앞 편의점 파라솔에 앉아 마시는 맥주에 어울리는 것은 과연 연애담이다. 맥주의 장점은 작정하고 먹지 않아도 된다는 것이라서 "커피 한잔 할까?"에서 반 보만 앞으로 나아가도 "맥주 한잔 할까?"까지 올 수 있다. 빨강, 파랑, 초록의 원색적인 플라스틱 의자에 앉아 새우깡이나 오징어 따위를 대충 펼쳐 놓고 맥주를 마실 때면 이런 멘트가 나옴 직하다.

"야, 나랑 사귈래?"

지나가는 할머니를 바라보며, 아무 일도 아니라는 것처럼 "나랑 사귀면 진짜 재밌는데."라고 덧붙이기도 좋다.

그리고 소주! 술 이야기를 하는데 소주를 빼놓고 갈 수는 없다. 참이슬파와 처음처럼파의 대결은 찍먹파와 부먹파 혹은 민초단과 반민초단의 싸움만큼이나 깊은 역사가 있지 않은가. 등산을 하고 내려오는 길에는 호기롭게 참이슬 빨강이를 먹어야 할 것 같고, 유행을 따라가려면 두꺼비가 그려진 진로 소주를 마셔야 할 것 같다. 제주에 가면 한라산을, 부산에 가면 시원이나 좋은데이를, 충청에 가면 시원청풍을, 전남에 가면 잎새주를 마셔야 하고 말고.

소탈한 척 하고 싶을 때는 소주만 한 게 없다. 영화에서도 서민적인 장면을 연출하고 싶을 때면 꼭 소주 마시는 장면을 넣지 않나. 대통령, 조직폭력배, 대기업 임원, 옥탑방에 사는 청년도 소주를 마시니 '대통합'을 외치는 회식자리에서 소주가 주인공의 자리를 차지하고 앉는 것도 이상한 일은 아니다.

애인이 바람을 피운 걸 알게 되었거나, 오래 준비한 시험에 떨어졌거나, 아빠가 아프다는 사실을 알게 되었을 때도 생각나는 건 소주다. 그러니까 삶이 대개 내가 의도한 대로 굴러가지 않고, 내가 선택할 수 있는 건 태도뿐이라는 걸 알게 될 때.

잔치국수를 잘 마는 포장마차에서 국물을 안주로 두 병 정도 까도 좋고, 횟집에서 가장 싼 광어나 우럭 소자를 시켜놓고 스끼다시(이 단어에는 밑반찬이라는 말로는 대체되지 않는 정서가 있다)로 배를 채우며 소주를 까는 맛! 또 은색 스테인리스 테이블에 동그랗게 앉아 삼겹살을 구울 때도 소주가 빠질 수 없다.

누군가는 삼겹살과 회는 맥주와 음식 궁합이 잘 맞는다고 하는데, 모르는 소리 하지 말라고 전하고 싶다. 소주란

자고로 분위기로 마시는 법! 아무리 소주를 흔들어내고 뒤집어 팔꿈치로 툭툭 치고, 뚜껑을 깐 뒤에 손가락 사이에 끼워 몇 방울 즈음 털어낸다고 해도 그 진한 알콜향이 어디 가지 않는다는 건 너도 알고 나도 알지 않니?

"오늘 같은 날은 진짜 삼겹살에 소주 아니냐?" "맥주 한잔 하기 좋은 날씨다!" "비 오는 날엔 막걸리지." 호기롭게 외칠 수 있는 그 말들 속에 칵테일이 등장하는 경우는 많지 않다. 그건 칵테일이 어울리는 순간이 우리에게 많지 않아서가 아니라, 우리가 그 순간에 칵테일을 떠올리는 데 익숙하지 않아서일지도 모른다.

칵테일을 생각하면 도시의 밤이 떠오른다. 실제로 칵테일을 마실 수 있는 바Bar는 대체로 도시에 있다. 더 외로워서라기보다는, 혼자임을 연출하기에 더 적합하기 때문일 것이다. 이렇게 말하면 조금 우습지만 나는 마음껏 고독하고 싶을 때 칵테일을 마시러 간다. 외로운 것과 고독한 것은 다르다. 외로움은 밖에서부터 나에게로 오고, 고독함은 내게서부터 밖으로 간다. 고독함에는 일말의 주체성이 담겨 있다. 고독함을 '즐기고' 싶을 때면 나는 칵테일 메이트인 모연에게 카톡을 한다.

"도시여자 놀이 하러 갈래요?"

"화려하게 차려입고?"

"아니, 오늘은 좀 쓸쓸하게 차려입고."

나는 신이 나서 바지 정장을 갖춰 입고, 모연은 등이 훅 파여서 보는 사람으로 하여금 홉! 하고 감탄사를 내뱉게 하는 원피스를 입고 온다. 그날만큼은 탈코르셋에 대한 고민을 내려놓고 온몸에 빡세게 힘을 주고 간다. 바 앞에서 만나면 서로의 모습에 손가락질을 하며 배를 잡고 싶어질 만큼 우스울 때도 있지만, 살다 보면 연극적인 제스처가 사람을 위로할 때도 있는 법이다.

그래도 바에는 주로 혼자 간다. 누군가에게 비밀을 털어놓으면 그 비밀에 담긴 영혼까지 같이 날아가 버릴 것 같을 때, 평범하다 못해 지루하기까지 한 고민이 덧없이 느껴져서 차라리 침묵하고 싶을 때, '알고 보면 다 거기서 거기'라거나 '너라고 뭐 다를 줄 아냐'라는 말 속에서 도망치고 싶을 때 간다.

시 한 편을 쓰는 것보다 26주짜리 카카오 적금을 드는 게 더 중요한 것처럼 느껴질 때, '결국 다 먹고 살자고 하는 짓 아니겠냐'는 말에 일의 의미가 무너내리는 것 같을 때 간다. 내 삶의 디폴트값이 늘 월세나 연금 따위에 머물러 있는 것 같을 때, 아무리 영화를 보고 글을 써도 삶의 의미를 묻지 않게 될 때 간다. 그러니 어찌 보면 칵테일을 마시는 일이란, 정말 사치스러운 일일지도 모른다.

칵테일이 좀 사치스러운 술일지라도, 우리가 술을 생각할 때 거기까지 갔으면 좋겠다. 우리에게는 더 다양한 것을, 새로운 것을 경험해보고 싶을 권리가 있으니까. 경험하는 만큼 우리 세계는 더 넓어질 테니까.

애호하는
마음

"너는 뭘 좋아해?"

막 연애를 시작했을 때는 상대에 대해 궁금한 게 많았다. 전화기가 뜨거워지도록 밤새 조잘거렸다. 나는 오늘 요르고스 란티모스 감독의 〈킬링 디어〉를 봤어. 나는 이 감독의 전작도 좋아하거든? 너 그 영화 봤어? 그럼 어떤 영화를 좋아해? 난 지금 아이스크림을 먹어. 난 클래식 밀크가 좋은데, 너는? 그럼 좋아하는 색은 뭐야?

늦게 도착해 진도를 허겁지겁 따라가는 학생처럼 다급하게 서로가 좋아하는 걸 묻는다. 상대를 못 만난 지난 시간이 아쉽다 못해 억울한 것처럼, 다 듣고 나면 그 사람이 손에 다 쥐어질 것처럼.

  그렇게 좋아했던 마음이 이제는 없다. 대설주의보가
내린 날 눈을 같이 보고 싶다며 4시간을 운전해 그의 집
앞까지 가던 마음이, 카톡을 처음부터 다시 읽으며 얼굴
붉히던 마음이, 만나지 않는 시간에도 차오르는 마음을
비워내기 위해 편지지를 꺼내던 마음이, 이제는 없다. 고
작 서른하고도 몇 년을 더 살았을 뿐이지만, 나이가 들수
록 무언가를 좋아하는 일이 힘들어진다. 되돌아오지 않
는 마음이 서러워서나, 우리가 같이 놀던 놀이터에 내 마
음만 덩그러니 남는 게 슬퍼서는 아니다. 그러면 그렇지
하고 예고도 없이 여위는 마음이 허무해서, 함부로 식상
해져서 그렇다.

  좋아하는 마음을 마주치기 힘든 건 사람을 만날 때 뿐
만은 아니다. 글을 읽으면서 행간에서 자주 숨을 멈추고
싶지만, 봄이 채 오기도 전에 허둥지둥 떨어지는 목련을
보면서 울컥 목이 잠기고 싶지만, 날마다 길이가 달라지
는 세상을 보며 감탄하고 싶지만 그런 순간은 잡아내기
힘들다. 그래서 좋아하는 게 생기면 그 마음을 소중히 붙
들고 싶어진다. 자꾸 마음을 내어주고 싶다. 마음껏 좋아

하고 뜻없이 기대고, 자주 어루만지고 싶다.

　그래서 칵테일을 애호하는 마음을 그렇게 꼭 쥐려는지도 모르겠다. 특별히 즐겨 먹는 음식도 없고, 무얼 먹고 싶냐는 질문도 답하기 어렵지만 어떤 칵테일을 마시고 싶냐는 질문에는 항상 설레며 대답할 수 있다. 내가 좋아하는 건 단순히 칵테일만은 아니다. 어떤 바를 갈까 생각하는 순간부터 바 의자에 엉덩이를 밀어 넣고, 바텐더와 가벼운 인사를 나누고, 어떤 칵테일을 마실까 궁리하고, 바텐더가 얼음을 깎거나 잔을 칠링하기 위해 얼음을 빙글빙글 돌리는 일 혹은 손등에 몇 방울의 칵테일을 올려 테스트하는 것을 바라보는 일을 모두 좋아한다.

　바텐더가 셰이커를 흔들고, 잔을 칠링하고, 셰이커의 뚜껑을 열어 꼴꼴꼴 잔에 담는 과정은 한 곡의 음악에 맞춰 추는 춤처럼 리드미컬하다. 한 동작에서 다음 동작으로 넘어가는 동안 그의 동작은 파도처럼 이어져 있다. 조금 높은 바 의자에 앉아 다리를 달랑거리며 그 과정을 바라보는 데는 의식을 치르는 듯한 기쁨이 있다. 자세히 들여다보아야 알 수 있는 작은 차이는 공부를 하면 할수록 깊어져서 질리지 않는다.

칵테일바에는 혼자 가는 걸 가장 좋아하지만 가끔은 친애하는 친구를 데려가고 싶을 때도 있다. 옷장에서 잘 다린 옷을 꺼내 차려입고 함께 바까지 걸어가고 싶다. 친구에게 시덥지 않은 이야기를 하며 내가 좋아하는 것을 함께 즐겨보지 않겠냐고 권하고 싶다. 그가 지금 어떤 마음인지 묻고, 그에 어울리는 칵테일을 추천하고 싶다.

파티의 여흥을 좀 더 이어가고 싶을 때라면 칵테일의 여왕으로 불리는 맨해튼을 권하고, 더운 여름 리조트의 정취를 즐기고 싶다면 화려한 과일 가니시를 곁들인 블루 라군을 추천하고 싶다. 칵테일을 마신 후에 색색의 가니시를 집어 슬쩍 빨아 먹는 재미!

그 모든 걸 위해서는 일단 바에 함께 가는 게 먼저다. 뭐든 해보지 않으면 좋아하기 힘드니까.

해보지 않으면, 먹어보지 않으면, 가보지 않으면, 듣지 않으면, 만져보지 않으면, 타보지 않으면, 뛰어보지 않으면 무엇이 즐거운지 알기 힘들다. 다행히 나를 비롯한 우리 세대는 부모님 세대에 비해 꽤 많은 걸 해보고 살 수 있었지만, 그럼에도 우리가 취미란에 쓸 수 있던 객관식 보기는 많지 않았다. 독서, 피아노, 영화감상, 태권도, 서예, 십자수, 펜팔, 다이어리 꾸미기 속에서 나는 얼마간 풍족함을 느끼기도 했다. 대학을 졸업하고, 사회에 나오고, 내 목구멍을 내가 책임지게 되면서 먹고사니즘의 문제에 치여 무언가를 즐기는 일은 언제나 뒷전이 되고야 말았다. 취미라는 말에는 먹고살 만한 자의 가벼운 여흥이나 낙관이 묻어 있는 것 같았다.

주식과 부동산, 가상화폐의 세계에서 무언가를 즐기는 일에 대해, 무언가를 즐기기 위해 일단 해보는 일에 대해 이야기하는 건 부동산으로 한몫 잡은 우리 이모 말대로 정신머리 없는 일일지도 모른다. 젊을 때 부지런히 일하고, 모으고, 벌고, 투자해서 나이 먹고 (있지도 않을) 자식들에게 손을 벌리거나 정부 돈 타 먹을 생각을 하지 않는 인물이 되는 게 사람이라면 해야 할 마땅한 도리인지도 모른다. '즐기는 일'은 나중에 해도 되니까.

그렇지만 가끔 그런 두려움이 생긴다. 언젠가 안정이 되면, 이 모든 게 괜찮아지고 나면 나는 그다지 좋아하는 것이 없는 사람이 되는 건 아닐까. 애호하는 것이 없는 내 삶은 흑백영화처럼 색을 잃어가는 건 아닐까. 좋아하는 것이 점점 줄어들면 나중엔 아예 좋아하는 법을 잊어버리게 되는 건 아닐까. 좋아하는 게 없는 삶을 정말 괜찮은 삶이라고 말할 수 있을까.

작은 결의 차이를 손으로 더듬어 세밀히 살필 만큼 좋아하는 것이 생기면 그 사람의 인생은 어느 정도 변화한다고 믿는다. 사랑에 빠진 사람은 낯빛부터 알아볼 수 있는 것처럼. 마음을 여기저기 헤프게 두고 다니는 것은 그만큼 삶을 기쁘게도 슬프게도 만든다. 나는 젊을 때부터 고요한 호수같은 마음을 갖고 싶지는 않기에, 좋아하는 일에 함부로 마음을 내어주며 살고 싶다. 좋아할 수 있는 일을 찾아 또박또박 힘을 주어 좋아한다고 말하고, 어떤 점이 어떻게 좋은지 날을 세워 관찰하고 싶다. 좋아하는 일에서만큼은 신중해지고 싶지 않다.

칵테일을 좋아하는 마음을 당신도 알 수 있다면 얼마나 좋을까. 그렇다면 서늘한 여름밤에 얇은 옷을 걸쳐 입고 바에 함께 걸어갈 텐데. 입김이 하얗게 올라오는 겨울밤에 코트 단추를 목 끝까지 채우고 서로의 체온에 기대어 바에 갈 수도 있을 텐데.

바에 앉아 발견되기를 기다리는
마음에 대해서

☀

한때 서울 마포구에서 북바(Book Bar)를 운영했다. 바는 홍대입구역 3번 출구로 나오면 이어지는 경의선숲길의 끝자락에 있었다. 지하철 입구에서 20분 남짓 걸어야 했다. 누가 바를 찾아오겠다고 하면 나는 '생각보다 먼데?'를 지나 '이미 지나친 거 아냐?'를 넘어 '난 길을 잃은 게 확실해'가 될 때까지 와야 한다고 당부하곤 했다.

손님들은 대개 '난 길을 잃은 게 확실해' 정도에서 바를 찾아내곤 했지만, 이 정도면 9와 4분의 3 승강장이라며 돌아서는 사람도 있었다. '이런 데 바가 있을 리가 없어'라고 확신할 만큼 어둑한 주택가 골목에 있는 데다, 차가 들어오기 힘든 막다른 길에 있어 작정하고 숨은 게 아니냐는 말을 듣기도 했다. 물론 그런 전략은 없었다. 번화가에 공간을 얻을 만한 임대료가 없었을 뿐이었다.

바의 이름은 낮섬(낮셞)이었다. 낮의 주인이 카페인 낮섬을 운영했고, 밤의 주인인 내가 바 낮셞을 운영했다. 낮에는 한적한 섬 같은 곳이었으면 했고, 밤이면 모든 게 낯설어지는 공간이길 바랬다. 나는 그곳에서 여름가을겨울 봄 그리고 다시 여름, 계절이 한 바퀴 돌 때까지 칵테일을 팔았다. 그런 골목까지 찾아오는 손님들이 대견하고(?) 고마웠다. 전화로 길을 물어가며 투덜거리면서도 집들이하듯 먼 길을 찾아오는 지인들은 이해할 수 있었지만, 신기한 건 혼자 오는 손님들이었다.

책 한 권 사이즈인 간판은 이 층 높이에 달려 있어서, 시력이 좋은 사람도 눈을 가늘게 뜨고 봐야 Book-Bar라고 적힌 글씨를 겨우 읽을 수 있었다. 그런 곳에 어떻게 혼자 찾아왔을까. 열어 보지 못한 책을 탐내는 기분으로 나는 손님들을 맞이하곤 했다.

혼자 오는 사람 중에는 단골이 많았다. 바를 닫은 지 2년이 가까이 되었지만 아직도 기억에 남는 사람들이 있다.

근처 대학에서 강의를 한다는 손님은 바 자리에 앉아 태블릿으로 그림을 그리곤 했다. 그는 철학을, 그중에서도 한나 아렌트를 공부한다고 했다. 문학도 사학도 아닌 철학이라니. 게다가 칸트도 지젝도 아닌 한나 아렌트라니. 전공을 아는 것만으로 나는 그의 마음을 슬쩍 엿본 기분이 들었다.

혼자 오는 손님 중에는 젊은 소설가도 있었다. 그녀는 동작이 크고 목소리가 활기차서 막 등단한 소설가에 대한 나의 편견을 없애주었다. 가끔 함께 오는 친구가 회사를 그만두었다거나, 그 친구와 함께 경주로 여행을 다녀온 이야기, 치명적인 매력을 가져서 모두를 홀리고 다닌 아이돌 연습생 이야기 따위를 들려주었다. 그녀도 연습생의 매력에 홀린 사람 중 하나라고 했다.

"알고 보니까 썸을 타던 사람이 나 하나가 아니었던 거죠. 그런데 대박인 건 각각의 상대에게 다 다른 모습을 보여줬다는 거예요."

"어떤 식으로요?"

"제게는 시를 좋아하고 집에서 혼자 있는 걸 즐기는 사람처럼 보였거든요. 그런데 다른 사람에게는 미드에 빠져 살고 주말마다 클럽에 가는 사람으로 이미지메이킹 했대요. 또 다른 사람에게는 운동을 좋아하는 활동적인 사람처럼 보이고요. 인스타도 계정이 다섯 개나 있었어요."

"그럼 썸 타던 사람들은 계정을 하나씩만 알고 있었대요?"

"그렇죠. 자기가 연출한 이미지에 맞는 인스타그램 계정을 알려준 거죠."

"세상에. 화나지 않았어요?"

그녀는 잠시 생각하다가 덧붙였다.

"아뇨, 화나지는 않고. 링 위에 불려가서 두들겨 맞은 기분인데."

"그게 화나는 거 아니에요?"

"링 위의 선수가 너무 프로라서 함께 거기에 섰다는 것만으로 괜찮은 기분?"

"싸워본 게 영광이었다 뭐 그런 건가요?"

"코피 쓱 닦으면서."

"막 잔디밭에 누워서 하늘 보고 같이 웃고?"

그녀는 혼자 낯섦에 자주 찾아왔다. 낯섦이 없어지지 않도록 하는 게 자신의 의무라며 올 때마다 잔뜩 술을 마셨다. 소설가의 평균 연봉이 얼마인지 알고 있는 나는 그녀가 술을 덜 마셨으면 했고, 낯섦이 간당간당하게 유지된다는 걸 아는 그녀는 자꾸 술을 시켰다. 일주일에 한 번 정도는, 술을 내어주지 않으려는 바 주인과 어떻게든 돈을 더 쓰려는 손님 사이의 실랑이가 이어졌다.

어떤 손님은 혼자 있기를 원했고, 또 어떤 손님은 내심 바텐더가 말을 걸어주길 바라는 것 같았다. 그 여부를 물어볼 수 없어서 나는 눈치껏 상대의 마음을 헤아려야 했다. 그건 시를 쓰거나 글을 다듬는 일과도 조금 닮았다. '장면'이라는 단어를 '광경'으로 바꾸는 것, '가득하다'는 말을 '그득하다'라는 말로 바꾸는 것, '바라보다'라는 동사 대신 '쳐다보다'라는 동사를 쓰는 것, '사뭇' 대신 '자못'을 채워 넣는 것, '문득'에 밑줄을 긋고 '불현듯'이라 쓰는 것. 이러한 것들은 상황과 맥락과 분위기를 살펴야 잘해낼 수 있는 일이었다.

바에 앉아 누군가에게 발견되길 기다리는 사람의 마음을 나는 안다. 오래된 유물처럼. 방구석에 놓인 인형처럼. 내가 혼자 바에 앉아서 그렇게 발견되길 기다려본 적이 있기 때문이다. 내가 이곳에 있다는 것을 누구도 알지 않기에, 아무도 찾아올 사람이 없다는 걸 알면서도 은근한 기대를 놓지 않는다. 쓸쓸하다는 말 대신 자유롭다는 말을, 견디고 있다는 말 대신 무료하다고 중얼거리면서.

낯섦에서 나는 그런 손님들 주변을 맴돌았다. 발견하는 사람 역할은 해줄 수 없었지만, 또 그렇다고 모른 체 하지도 못했다. 대신 오래 신중하게 만들어야 하는 칵테일을 서비스로 내어주었다. 푸스 카페 레인보우 같은 것. 일곱 가지의 술이 들어가고, 그걸 섞이지 않게 쌓아야 해서 숨을 참고 만들어야 하는 칵테일이다. 힘든 만큼 만들고 보면 예뻐서 오래 들여다보게 되는 칵테일이기도 하다.

그들은 지금 잘 지내고 있는지, 여기 어딘가를 지나다니면서 스치지는 않았을지 궁금하다. 어디에서 또, 발견되길 기다리고 있지는 않은지.

술 좀
하세요?

"술 좀 해요?" 누군가와 처음 갖는 술자리에 가면 으레 이런 말을 듣는다. 그 표현이 재밌어서 혼자 실실 웃는다. 영어로 하면 "Do you drink?" 정도일 텐데, 번역 과정에서 다 담기지 못한 마음이 퍽 흥미롭다. 술 좋아하기로는 둘째가라면 서러울 우리나라 사람들에게(실제로 우리나라 일인당 주량은 세계 1위로 2위인 러시아의 두 배다) 술 좀 하느냐는 질문은 단순히 술을 마실 수 있느냐는 순수한 궁금증이 아니다. 술 잘 마시는 것도 능력이고 정신력이고 사회성인데, 과연 너의 레벨은 어느 정도냐고 묻는 것에 가깝다. 겸손한 척하면서 허세를 떨기로는 역시 둘째가라면 서러워할 우리나라 사람들에게 저 질문에 대한 적당한 답은 아마 아래와 같을 것이다.

"조금 합니다."

"잘하지는 못하고요. 즐깁니다."

그런 걸 지켜보면 무림의 고수들이 주막집에서 만나 서로의 무공을 기운만으로 짐작하는 장면이 떠올라 웃음이 새어 나온다. 몸집이 큰 걸 봐서 한 짝은 먹겠는 걸? 눈이 붉은 걸 보니 정신력으로 버티는 인물이로구먼! 속으로 그런 대사를 읊고 있으려나.

아니, 대체 술이 뭐라고 이렇게 기 싸움을 해? 주량이 얼마나 되냐고 대체 왜 물어봐? 영화에서는 술로 상대를 이기고 나서 '거 봐! 내가 이겼지?'라고 의기양양 하는 인물도 나오고(아니 그거 이겨서 어디다 쓰려는지), 현실에서도 술로 싸움을 한다는 '대작'이라는 말도 있는 걸 보니 우리나라 사람들에게 술은 음료가 아니라 검인가 싶기도 하다. 하기야 검으로 싸우는 것보다야 술로 싸우는 게 나을 것 같기는 하지만, 어쨌거나 술로 싸워도 수명이 단축되기는 매한가지다.

이렇게까지 말해놓고 내 주량을 까면 좀 우스운 꼴이

될 것 같지만, 나도 술 좋아하기로는 둘째가라면 서러워할 (계속 이렇게 말하니까 둘째에게 미안해진다) 한국인이기에 호기롭게 밝혀보리라! 주량을 말할 때는 소주를 기준으로 하는 게 국룰이라고 배웠는데, 일단 소주는 한 병이다. 와인이나 맥주는 그것보다 조금 더 먹고, 칵테일은 오마카세로 네 잔이 딱 적당하다. 요령만 잘 피우면 어디 가서 술 못 먹는다고 타박 받을 일은 없을 정도라, 무림의 고수는 못 되어도 저잣거리의 무인배 정도는 되었다.

내가 회사생활을 시작한 2010년만 해도 회식 문화가 강압적인 편이었다. 술 잘 먹는 놈이 일도 잘한다는 근본 없는 미신이 회사 내에 떠도는 때였다. 끝도 없이 도는 폭탄주와 파도타기 속에서 나는 '물 먹는 하마' 신공으로 살아남았다. 술 한 잔에 물 세 컵과, 술 한 잔에 다시 물 세 컵과. 아 어머니, 어머니. 지긋지긋한 회식! 그래서 더 '술 권하는 사회'가 싫었다. 술이 뭐라고 이렇게 목을 매! 나는 절대 술 권하는 상사가 되지 않으리. 내가 부장만 되면 회식 금지, 알코올 섭취 금지다! 다짐했는데 살다 보니 내가 술 권하는 상사처럼 구는 때가 생겼다.

그건 무려 연애할 때였다. 요 야무지게 생긴 녀석에게

슬쩍 기대고 싶은데 무슨 핑계를 대나 싶을 때는 술만한 게 없었다. '야, 나 너한테 관심 있다'라고 호기롭게 표현하고 싶을 때도 '술 한잔 할래요?'로 퉁치면 그럴싸했다. 왁자지껄한 선술집에서 작은 의자에 엉덩이를 욱여넣고 등 뒤로 왔다갔다하는 사람들을 피해 서로 바짝 다가앉으면 없던 정분도 생겨났다. 어색한 침묵은 다른 사람들이 만들어내는 소음이 메꿔주고, 별것도 아닌 농담에 괜히 크게 웃으며 어깨를 두드려도 이상하지 않았다.

분위기를 좀 잡아보고 싶을 때는 어두컴컴한 와인바에서 잡티가 가려진 서로의 얼굴을 지긋이 응시해도 좋았고, 우리 속 좀 터놓고 편하게 이야기하자 싶을 때는 추리닝을 입고 막걸릿집의 낮은 대문에 고개를 숙이며 들어서도 좋았다. 소탈한 이야기를 하는 척 하고 싶을 때는 또 민중가요만한 배경음악이 없지 않은가. '이명박 개새끼'와 '초롱아 사랑해' 낙서가 뒤섞인 벽을 배경으로 반질반질해진 테이블에 플라스틱 막걸리 잔을 탁!하고 내려놓는 맛은 또 얼마나 환상인지. 술은 정말 여러모로 윤활제가 되었다.

한 가지 장애물만 없다면! 상대가 술을 못 먹는다는 장애물!

대학 때 만난 한 건실한 청년은 술을 정말이지 단 한 모금도 입에 대질 못했다. 생긴 것도, 생활하는 것도 바른생활 사나이 티가 팍팍 나는 그는 술 한 방울만 몸에 들어가도 희멀건한 피부에 붉은 기가 돌았다. 술 한잔도 못하는 몸으로 아직도 사발식 문화가 남아 있는 2000년대의 대학생활을 버티는 것도, 누가누가 술 잘 먹나 대결이나 다름없었던 엠티에서 살아남는 것도 힘들었으리라. 그가 술 때문에 얼마나 힘들었는지는 곁에서 지켜본 내가 더 잘 알아서 나까지 술 먹자고 조를 수는 없었다. 소주 한 모금, 맥주 한 방울 없이 우리는 용케 연애에 성공했으나 나는 연애 내내 그와 술을 함께 마시지 못하는 게 서러웠다.

"너무 덥다. 시원하게 생맥주 한잔만 할까?"

태양이 나그네 옷을 벗기기로 작정한 것처럼 뜨겁게 내리쬐는 여름이면 데이트를 한다고 조금만 걸어도 티셔츠 뒷목부터 땀이 배어났다. 매미는 죽어라고 울고, 나뭇잎은 공격적으로 느껴질 만큼 초록이고, 길을 걷는 사람들의 수다도 아득하게 멀어졌다. 그럴 때 팔에 오소소 소름이 돈을 만큼 에어컨이 빵빵한 편의점에 들어가 이슬이 슬쩍 맺힌 뚱뚱한 캔맥주를 하나 들고 나오지 않을 수 있을까? 탁하고 캔 뚜껑을 따면 쇄아아 파도소리처럼 빠지는 맥주의 탄산, 뽀얗게 올라오는 거품에 허둥지둥 입술을 가져다 대거나 어깨까지 닿도록 고개를 젖힌 후에 목젖으로 콸콸콸 쏟아부을 때의 청량함!

"이 날씨에, 어떻게 맥주를 마시지 않을 수가 있어? 어떻게?"

나의 절규에도 그는 지조와 절개를 지키는 선비처럼 고개를 내저었다.

"난 괜찮아. 너 혼자 마셔."

"나 혼자?"

"응. 내가 곁에 있을게."

"아니, 혼자 마시면 안 되는 건 아니지만……"

"아니지만?"

"그렇지만 그게 또 분위기라는 게……"

더 말하면 내가 그토록 타도하던 부장님이 했던 말과 꼭 같은 말을 해버릴 것 같아 입을 꾹 다물었다. 이런 분위기에서 혼자 마시면 그게 무슨 재미인겨! 그럼에도 나는 그와 열애하던 그 더운 여름, 그를 데리고 신성한 술 스팟을 찾아다녔다. 한강에 돗자리를 펴고 치킨과 맥주를 흡입했고, 문과 창문을 활짝 열어젖힌 삼겹살집에서 애타게 이모를 외치며 소주를 시켰다. 그를 위해 치킨에 콜라를 추가하며, 소주잔에 소주 색깔과 비슷한(그러나 기포가 올라오는) 사이다를 따르며 우리는 연애를 계속했다. 솔직히 이게 사랑이 아니면 뭐가 사랑인데!

우리는 가을이 되자마자 헤어졌다. 나의 곱지 못한 성격과 그의 물렁한 심성 탓일 수도 있었겠지만, 어쩐지 술이 있었더라면 어떨까 싶은 생각에 입맛을 다신 것도 사실이다. 우리가 헤어지고 두어달이 지난 어느 날, 나는 편의점에 들러 맥주를 사들고 그의 자취방 문을 두드렸다.

"웬일이야?"

"지나가다 들렀어."

"…… 들어와."

"술 마실래?"

그는 고개를 저었다. 나는 그의 자취방에서 멀뚱히 혼자 맥주 한 캔을 다 까고 일어섰다. 이게 진짜 끝이구나. 그런 생각이 들었다. 마지막까지 결국 내 술을 받아주지 않다니(아마 그는 마지막까지 술을 들고 오다니 했겠지). 술 권하는 사회를 타도하자며 눈을 치켜떴던 나는 어디 가고, 마지막까지 술 한 모금 입에 대지 않는 그의 신념을 미워하는 나만 남았다. 술 외에 근사한 접착제를 찾을 수 있을 만큼 성숙하질 못했던 나를 탓하기에는 그보다는 나를 더 사랑했으므로.

술 좀 한다는 게 뭐 자랑이야? 술 좀 하느냐는 질문에 나는 그렇게 답하지만, 이제는 인정해야 할 것 같다. 나는 정말 애주가라는 걸. 술 좀 한다는 게, 솔직히 나한테는 좀 자랑이었다는 걸.

"네, 제가 술 좀 합니다."

사랑이 떠난 자리에
남는 것

☀

"그 사람이랑 헤어지는 건 왜 안 되고요?"

심신이에게 물었다. 심신이는 내가 하던 바 낯섦의 단
골이었다. 대화 주제와 상관없이 결론을 '그래서 심신단
련이 중요하다'로 내리곤 해서 나는 그녀를 심신이라 불
렀다. 바를 찾아온 손님에게는 이름을 잘 묻지 않는다. 그
익명의 공간에서 이름을 호명함으로써 손님을 현실 세계
로 되돌려 놓고 싶지는 않았다.

"제가 고등학교 때 죽을 뻔한 적이 있거든요. 학교 가
는 마을버스에서 내리려고 하는데, 어떤 애가 제 앞에 서
더라고요. 하차하는 문 앞에요."

심신이는 엉뚱한 소리를 한다. 그녀의 화법은 미국 드라마 같다. 화려한 서론을 지나, 이 이야기가 어디로 갈까 싶은 본론을 지나, 다급한 결말로 향한다. (그녀에게 '심신단련'은 'Happy ever after' 비슷한 것일까) 나는 왜 다른 사람과 결혼한 그와 헤어지지 않는지 물어본 것뿐인데 이야기는 이렇게 그녀의 고등학교 시절로 거슬러 올라간다.

"제가 앞에 설 수도 있었지만 그냥 내버려뒀어요. 제가 원래 성격이 그렇거든요. 근데 버스 내리는 문이 열리고 걔가 먼저 내렸는데……"

심신이는 노련한 이야기꾼처럼 말을 줄인다.

"내렸는데?"

"오토바이에 치였어요."

"그래서?"

"제 눈앞에서 이렇게 확! 오토바이가 지나가면서 걔를 친 거죠. 오토바이랑 같이 날아가더라고요."

"죽었어요?"

"모르겠어요. 오토바이는 막 부서져 있고. 그 와중에도 학교 늦을까봐 그냥 갔어요."

심신이는 그 장면이 오래 잊히지 않는다고 했다. 걔가 아니라 자기가 먼저 내렸다면 자기가 치일 수도 있었고 그럼 그게 마지막이었을 거라고. 나는 오토바이에 치인 그 학생이 병원에서 잘 치료받고 괜찮아지지 않았을까 생각했지만 이미 끝난 이야기에 재를 뿌리고 싶진 않았다. 누군가의 머릿속에서 각색된 기억이 사실이냐 아니냐를 따지는 건 무의미한 일이다.

심신이는 가끔 그날이 생각난다고 했다. 어쩌면 오늘이 마지막일지도 모른다는 생각을 자주 한다고. 그래서 자신도 모르게 이기적으로 굴게 되거나, 용기를 내야 하거나, 매너리즘에 빠지면 그때를 떠올린다고 했다. 타인의 불행을 디딤돌 삼아 내 삶의 교훈으로 삼는 건 좀 치사한 일이지만, 그리고 오늘이 마지막인 것과 이기적으로 사는 것 사이에는 꽤 큰 공백이 있지만, 심신이는 잘 살고 있는 것처럼 보였다.

"그래서 그 사람이랑 헤어지는 게 안 되는 거예요."

심신이는 미국 드라마처럼 떡하니 이상한 결론을 내놓았다. 그렇구나. 그래서 헤어지는 게 안 되는 거구나. 오늘이 삶의 마지막이라고 생각하면 그 사람과 함께 있고 싶어서 그런 걸까. 아무렇지 않은 척 말했지만, 바에 와서야 자신의 연애 이야기를 할 수 있는 심신이의 마음은 분명 그렇지 않겠지. 나에게 이야기하는 것 같지만 실은 자기 자신에게 이야기를 하고 있는 거겠지. 심신이가 편폐하는 그 사람은 정말 심신이가 생각하는 그런 사람이기는 할까. 심신이 마음속은 얼마나 지옥일까. 정말 심신단련이 필요하겠다.

바에 찾아오는 사람들은 참 많은 이야기를 했다. 바쁘지 않은 바였다. 손님들이 뱉는 말에는 가까운 사람과 하기에는 너무 내밀한 이야기가 많았다. 가장 깊숙한 곳에 있는 마음을 가까운 사람과 나눌 수 없다는 건 슬퍼해야 할 일인지 안도해야 할 일인지 알 수가 없다.

가장 많은 건 사랑이 슬며시 찾아온 이야기와 후다닥 떠나간 이야기였다. 연인과 싸우면서 길거리에서 서로를 때리던 이야기도 듣고(그래서 누가 더 많이 때렸어요?), 10년이나 한 여자를 좋아했는데 결국 그녀의 결혼식에 가서 축의금을 잔뜩 냈다는 이야기도 듣고(얼마 냈어요?), 17년이나 누군가를 만나고 나서야 자기가 무성애자라는 걸 깨달았다는 이야기도 듣고(17년이나?), 자기가 살찐 여자만 좋아하는 성향이라는 걸 알게 된 일화(어느 정도가 살찐 건데요?)도 들었다.

절절한 사랑 이야기는 비극적이어도 들을 만했다. 우리는 모두 서사가 필요하니까. 그게 희극이든 비극이든 우리는 거기에 기대어 살아간다. 오히려 듣기에 서러운 건 사랑이 떠나간 자리에 사람만 남아 있는 이야기였다. 사랑이 잠수함처럼 찾아와서 들썩이며 떠나가지 않고, 후다닥 찾아와서 슬그머니 떠나가는 이야기.

푸우는 결혼한 지 5년이 되었을 때 바람을 피웠다고 했다. 그게 진짜 사랑인 것 같았다고. 그는 아내와 아이에게 상처를 주면서, 회사에 알려진 이야기들을 수습하면서 아내와 이혼했다. 그리고 새로운 그녀와 다시 결혼을 했다.

"그런데 결혼을 하고 나니까 어? 이게 아닌데 싶은 거예요."

"왜요?"

"똑같은 거예요."

"뭐가요?"

"그냥, 모든 게."

그렇게 말하는 푸우는 정말 지친 중년의 가장 같았다. 나보코프의 소설 『어둠 속의 웃음소리』의 알비누스 같기도 했다. 나는 지친 중년의 가장이었던 적이 없기에 그게 어떤 느낌인지는 전혀 알 수가 없었지만 그가 '지친 중년의 가장'을 연출하고 있다는 건 알 수 있었다. 사랑하는 사람들을 베어가며 얻어낸 게, 실은 자기가 원하던 게 아니었다는 걸 알면 어떨까? 인생이 한 편의 희극 같을까? 이 소설을 쓴 나보코프는 가끔 영화관에 가서 일부러 영화적 클리셰가 어설프게 펼쳐지는 미국 영화를 골라 봤다고 한다. 그러면서 영화가 터무니없을수록 크게 웃었다고 하던데. 어쩌면 푸우도 그렇게 웃을지 모르겠다.

가능하다면 나는 사랑을 떠나보내는 것을 선택하고 싶다. 사랑이 떠난 자리에 아직도 사람만 남아 있다는 걸 확인하고 싶지는 않다. 심신이처럼 오늘이 마지막이라고 생각하며 살고 싶지만, 오늘이 마지막이 아닐 거라는 것도 안다. 내일 죽을 수도 있고, 50년 뒤에 죽을 수도 있다니. 이 터무니없는 정보의 불균형 속에서도 일단

앉은 도박판을 엎을 수 없는 나는 어쨌거나 전략을 짜봐
야 한다.

"그래서 심신단련이 중요하다."

낯섦의
술 처방

"그런 거 있잖아요."

누군가 저 문장으로 대화를 시작하면, 나는 어릴 때 친했던 친구를 다시 만난 것처럼 마음이 살살 풀어진다. 그 말 뒤에는 으레 짧은 공백이 이어지고, 눈알 굴리는 소리가 들리고, 어떤 예시가 이어진다.

"그런 거 있잖아요. 어쩐지 이 사람하고 잘 될 것 같다는 느낌이 빡 드는 거! 왜인지는 모르겠는데, 잠깐밖에 안 봤는데 괜히 이 사람이다 싶은 그런 느낌이요."

"해가 막 건물이나 산 밖으로 넘어가서 안 보이는데, 그 노을 끝만 남아 있는 걸 볼 때의 느낌 같은 거 있잖아요."

"그런 거 있잖아요. 그러니까 느낌적인 느낌 있잖아요! 이걸 참 말로 설명하려니까 못하겠는데, 아시죠? 그런 거!"

'그런 거'라는 말은 속 시원하게 설명할 수 없는 것을 전하고 싶을 때 쓰인다. 보여주고 싶은데 도무지 어떻게 보여줄 수 있을지 모를 때, 네 말이 꼭 맞다며 동의를 받고 싶은데 그 마음을 다 전할 수 없을 때. 발을 동동 구르며, 눈알을 굴리며, 손가락으로 머리를 꼬아가며 적확한 단어를 고를 때 나오는 문장이다.

그렇게 애를 쓰는 마음에는 나도 별다른 이유 없이 마음을 내어주고 싶어진다. 다 듣지도 않았는데 고개를 끄덕이고 싶어진다. 옳지 옳지 박수를 치며 한 획만 더 그어보라고, 건반 한 번만 더 눌러보자고 토닥여주고 싶다. 나도 이제 막 말을 익히는 어린 아이처럼 '그런 거'를 설명하려고 버둥거리던 때가 있어서 그런 걸까.

바에서도 '그런 거 있잖아요'를 들을 때가 많았다. 메뉴판에서 자기가 원하는 칵테일을 정확히 짚어서 주문을 하는 손님도 있었지만, '그런 거 있잖아요'라면서 자기가 원하는 느낌을 어렴풋하게 설명하는 손님도 많다. 보통 '상큼하고 시원한게 마시고 싶어요'라거나 '달고 향긋한 칵테일을 좋아해요' 정도로 취향을 밝히면 그에 맞는 여러 칵테일을 내가 추천해주는 식이다. 두루뭉술하고 막연하게 주문해주는 것도 좋았다. 손님의 희뿌연 이야기에 바텐더의 상상력을 더해서 만든 술은 어딘가 예술작품 같은 면이 있었다.

내 친구 코끼리도 바에 와서 꼭 그런 식으로 술을 시켰다. 대학 때 신춘문예에서 시인으로 등단한 그는 그 이력 때문인지 덕택인지 졸업 후에도 시를 포기하지 못하고 몇 년을 끙끙거리며 시를 썼다. 시인이라는 호칭이 더 이상 직업이 아니라 호칭이 된 사회에서 그도 하루치의 쌀밥을 위해 직장을 잡아야 했다. 운 좋게도 꽤 규모가 있는 기업의 카피라이터로 취업을 했는데 '오래 놀고도 거기에 취업을 하다니 운이 좋았다'거나 '그래도 어쨌거나 단어를 고르는 일 아니냐'라는 덕담에도 본인은 별 감흥이 없었다. 그는 바에 오면 꼭 이런 식으로 술 주문을 했다.

"그런 거 있잖아. 어른의 술. 오늘은 어른의 술이 땡긴다."

"종말이 와서 내일이 마지막 날인데, 나 혼자만 그걸 알고 있을 때 마셔야 될 술! 세상의 마지막 날에 마시고 싶은 술 같은 거 있어?"

"그런 거 있잖아. 마음이 허할 때 마시면 내려가면서 위로해주는 것 같은 술. 그런 술 마시고 싶어"

물론 그런 이름을 가진 술은 없다. 칵테일 이름이 '종말의 날'이나 '어른의 맛' 따위라면 마시고 싶지 않다. 게다가 종말이 오는데 나라고 여기 앉아서 셰이커나 흔들고 있겠는가. 어른의 술은 또 뭐고. 그렇지만 시인의 말은 적당히 알아들을 것. 나는 얼렁뚱땅 스토리를 입혀 그에 맞는 술을 만들어준다.

"어른이라는 말은 '얼우다'라는 말에서 나왔는데, '얼우다'는 섹스를 한다는 뜻이거든. 그러니까 섹스를 하는 사람을 어른이라고 친 셈이야. 그러니 어른의 술은 응당 섹스와 관련된 술이어야지! 오늘은 '섹스 온 더 비치'를 주겠다."

섹스 온 더 비치는 멜론과 라즈베리 리큐어, 파인애플 주스가 들어가 상큼하고 독하지 않다. '섹스'라는 말보다는 '온 더 비치'라는 말에 중점을 둔 느낌이다. 톰 크루즈 주연의 영화 〈칵테일〉의 대사에 나와 단박에 유명해진 칵테일이다.

　내일 종말이 오면 마셔야 할 술 역시 직관적인 해석을 더해서 나는 위스키 플로트를 만들기로 한다. 잘 깎은 얼음을 넣은 잔에 미네랄워터를 70% 정도 따르고, 바 스푼을 뒤집어 물 위에 위스키를 살살 띄워준다. 투명한 물 위로 갈색 위스키가 층을 이루는 모습이 아름다운데, 종말을 맛보고 싶다면 스트레이트로 마시길 권한다. 금방 정신을 잃어 세상이 끝나는 줄도 모를 수 있을 테니까.

　마음이 허할 때 마시는 술은 추천이 쉽다. 겨울이라면 브랜디 에그노그를 권하고 싶다. 셰이커에 브랜디와 다크 럼, 계란, 설탕을 넣고 여러 번 흔든 후에 얼음을 채운 잔에 따르고 우유를 붓는다. 크리스마스에 자주 마시는 술로 독하지 않으면서 계란과 우유 때문에 어딘가 위로해주는 듯한 부드러움도 있는 술이다.

　이름이 약간 이상하긴 하지만 스트로베리 크림 리큐어와 커피, 카카오 리큐어를 넣고 생크림을 얹은 마더스터치도 따뜻하고 달콤한 칵테일이다. 안온한 기분을 느끼고 싶을 때 마시기 좋다.

　바에 처음 가면 무슨 술을 시켜야 할지 몰라 머뭇거리

기 쉽다. 낯선 세계에 가면 언제나 그 세계의 언어를 새로 배워야 하는데, 칵테일을 마시는 것도 새로운 세계를 경험하는 일인지라 이 세계에 처음 온 사람에게는 이 세계의 언어가 낯설 수밖에 없다. 아는 칵테일도 잘 없고, 괜히 말을 잘못했다가 무시당할 것 같고, 엉뚱한 걸 시켰다가 그 비싼 칵테일을 다 마시지도 못하는 거 아닌가 걱정도 된다. 그러나 손님이 칵테일을 모른다고 무시하는 바텐더는 직업 선택을 잘못한 것이다.

바텐더는 말하자면 술 세계의 가이드라서, 당신의 언어로 낯선 세계를 안내해줄 의무가 있다. 당신이 아는 칵테일이 하나도 없다고 말해도 바텐더는 친절하게 칵테일을 추천해줄테니 걱정하지 않아도 된다. 바텐더에게 어떤 술을 추천해줄 수 있는지 묻고, 그 칵테일에 대해 자세히 듣고, 그와 여러 상의 끝에 내가 마실 칵테일을 고르는 것도 칵테일 값에 포함되어 있다. 그 과정도 바를 즐기는 하나의 방법이다.

낯섦에는 '낯섦의 술처방'이라는 칵테일이 있었다. 술처방을 받아야 할 일이 있을 때 바텐더에게 그 일을 털어놓으면 그에 맞는 술을 추천해주었다. 사랑하지 말아야 할 사람에게 마음을 주었거나, 내 것이라 믿었던 열망을 잃어버렸거나, 돌아가고 싶은데 너무 멀리까지 와버려서 망연자실한 사람들이 툭 하고 이야기를 던져 놓고 가면 나는 그의 마음을 다독여줄 칵테일을 한 잔 내어줬다.

낯섦의 술처방을 하며 들은 이야기들은 다양했다. 참았던 눈물을 쏟는 것처럼 왈칵 자신의 이야기를 쏟아내는 사람도 있었지만, 대개는 '그런 거 있잖아요'라면서 머쓱하게 운을 띄웠다. 나는 '그런 거 있잖아요'에 따라오는 이야기도, 그 문장도 참 좋았다. 언어를 배우는 사람의 첫마디 같달까. 머뭇거림의 앞에 나오는 말, 말수가 없는 사람이 힘주어 겨우 꺼낸 말 같이 느껴졌다.

언젠가 내가 다시 바를 열게 된다면 '그런 거 있잖아요'라고 말을 꺼내는 사람에게는 한 잔을 서비스로 주어야지. 이 세계의 문지기처럼, 가이드처럼 환영의 팻말을 꺼내 들고 격하게 흔들며 그 사람의 입에서 나올 다음 말을 기대해야지.

술 좋아하는 사람 중에
나쁜 사람 없어

"술 좋아하는 사람 중에 나쁜 사람 없어!"

주정뱅이라면 술에 취해 한 번쯤 이런 말을 지껄여봤을 것이다. 애주가인 나도 비틀거리는 몸을 가누며 그 말에 손뼉을 치겠지만, 이 취객들의 헛소리에 정색을 하며 반박을 하는 이도 달리 없겠지만, 안타깝게도 그 말은 사실이 아니다. (이 말에 실망했는가? 그렇다면 당신도 주정뱅이!) 그러나 술을 좋아하는 사람이 나쁜 사람이건 아니건, 술에 취하면 평소에 하지 않을 말을 쉽게 내뱉고 그렇게 나온 말은 타인에게 상처를 준다. 술을 좋아한다고 해서 착한 사람일 리는 없겠지만, 술에 자주 취하는 사람은 빈번히 나쁜 사람이 된다. '그런 애들은 싹 다 잡아 죽여야 해', '너도 걔 그런 거 마음에 안 들었지?', '내가 너를 아껴서 하는 말인데 너 그렇게 살지 마' 같은 말, 맨 정신이라면 속에서만 맴돌았을 말들은 술이 들어갔을 때를 틈타 탈옥수처럼 입 밖으로 도망친다.

술을 좋아하는 사람 중에 나쁜 사람이 없는지는 잘 모르겠지만, 술에 자주 의지할 만큼 마음이 유약한 사람은 많은 것 같다. 나의 첫째 삼촌이 그렇다. 삼촌은 술을 지독히도 좋아하는데, 그 지독히가 얼마나 '지독히'인지 내가 놀러 갈 때마다 거의 대부분 술에 취해 있었다. 눈에 핏줄이 서고, 발음이 살짝 꼬였다.

어릴 때 외할머니 손에서 자란 나는 삼촌 중에서도 큰삼촌과 가장 가까웠다. 내가 깡말랐을 때도 나를 어렸을 때처럼 '돼지'라고 불렀고, 스무 살이 넘었을 때도 내 배에 발을 대고 비행기를 태워주려고 했다. 삼촌이 언제부터 술을 입에 대고 살았는지 기억이 나지 않는다. 삶은 뜻대로 되지 않고, 우리가 택할 수 있는 건 자세뿐이라지만, 삼촌을 보며 나는 가끔 그 선후 관계가 헷갈리곤 했다. 삶이 뜻대로 되지 않아 의젓한 태도를 놓아버리게 되는 건지, 자세가 무너져서 삶이 뜻대로 되지 않는 건지 알 수 없었다. 다만 술이 그 사이에 윤활제처럼 있었다는 것만은 안다.

삼촌은 그 시대 사람치고는 드물게 대학을 나왔고, 한때는 이름만 들으면 알 수 있는 기업에서 일하기도 했으나, 일하다 허리를 다친 이후로는 의지를 놓은 사람처럼 지냈다. 당시에는 허리 증상을 산재로 인정받을 수도 없었다. 삼촌은 배관자격증을 따서 전국의 공사장을 돌며 배관공으로 일했다. 엄마와 이모의 대화를 통해 나는 그의 삶을 드문드문 따라갔는데, 삼촌의 이야기를 할 때 대화에서 한숨이 섞이지 않은 경우는 별로 없었다.

나는 삼촌이 술을 자주 마시는 것도, 딱 벌어진 체구에 걸맞지 않게 늘 구부정한 자세로 앉아 있는 것도, 전투적으로 살지 않는 것도 다 심성이 약해서 그런 거라고 생각했다. 인생이 삼촌에게 큼지막한 손과 단단한 어깨를 주었지만, 삼촌이 택한 건 어깨를 좁히고 허리를 구부린 '자세'라고 믿었다. 제멋대로인 운명이 마음에 들지는 않지만 누군가를 탓하거나 해코지하기에는 마음이 너무 약해서 술을 먹는 거라고 생각했다. 세상을 향해 내뱉고 싶은 말을 술과 함께 다시 몸 안에 집어넣는 사람이었다. 삼촌은 술에 취해도 딱히 큰 소리를 내지 않았고, 욕을 하거나 화를 내지도 않았다. 술로 자기만 해치려는 것 같아 마음이 아팠다.

그러나 돌아보면 삼촌의 회피성 자해가, 그러니까 끊임없이 자신의 몸 안에 술을 붓던 행동이 정말 삼촌의 몸만 망친 것인가 의문이 든다. 밤새 마신 술 때문에 출근하지 못하던 아침, 묻는 말에 대답을 하는 대신 술을 입에 털어 넣던 밤, 붉어진 눈으로 가족들을 응시하던 날, 강풍 맞은 미루나무처럼 쓰러졌던 날, 마음이 찢어졌던 건 정말 삼촌뿐이었던가. 삼촌을 사랑하던 사람들, 외숙모와 사촌 동생들, 엄마와 이모들은 괜찮았던가. 마음이 여려서, 술을 너무 많이 마셔서, 삶이 제대로 풀리지 않으니까, 라는 이유로 삼촌은 그를 사랑하는 사람들까지 힘들게 만들었던 건 아닐까.

나쁜 의도를 전혀 가지지 않았지만 결과적으로 나쁜 사람이 되어버리는 경우가 있다. 단순히 마음이 약하거나 자기가 자신을 제대로 돌보지 못하는 것만으로, 자신을 해치지 않고는 세상에 대한 불만을 말하지 못하는 것만으로도 그를 아끼는 사람에게 누가 되어버리는 이. 마음의 문을 안에서도 밖에서도 영영 잠가버려 문을 두드리는 이를 지치게 만드는 이. 나는 아직 그런 사람을 어떤 마음으로 껴안아야 하는지 알지 못한다.

삼촌은 다정한 말을 할 때조차, 그러니까 "돼지 왔냐"라거나 "그래도 우리 돼지가 최고지"라고 말할 때조차 술에 취해 있었다. 술에 취해 하는 말이 함부로 바닥에 버린 압정처럼 누군가를 푹 찌르는 것도 싫지만, 본래의 의미를 잃을 때도 속상하다. '내가 사실은 너 좋아하는 거 알지', '내가 말을 못해서 그렇지 진짜 미안했다', '넌 인마, 내가 제일 좋아하는 놈이야' 같은 말들. 맨 정신에 하기에는 너무 쑥스러워서, 차마 용기가 안 나서라는 핑계로 두 눈에 핏발 선채로, 술 냄새를 풍기면서밖에 하지 못하는 말들. 그런 말들을 '취중진담'이라며 다정하게 끌어안을 수도 있겠지만, 냉정한 나는 '술김에 하는 빈말'로 들을 때가 많았다. 그래도 내가 잘 들었어야 했던 걸까.

술 좋아하는 사람 중에 나쁜 사람 없다는 말이 사실이

아니라는 걸 나는 안다. 나쁜 사람이 아니라고 해서 나쁜 일을 하지 않는 건 아니라는 것도, 나쁜 일을 한다고 해서 꼭 그 사람이 나쁜 사람인 건 아니라는 것도.

그래도 삼촌을 생각하는 밤이면 잠깐은 그 말에 기대고 싶어진다. 나쁜 사람은 아니었어. 술은 좋아했지만 말이야. 그래도 진짜 나쁜 사람은 아니었어.

타인의 슬픔은 너무 멀고,
기쁨은 왜 이렇게도 가까울까

※

　홍이가 집 앞으로 나를 데리러 왔다. 누군가 차를 타고
나를 데리러 오는 건 정말 오랜만이라 신이 났다. 늘 운전
대를 잡고 있거나 내가 가야 할 길을 고민하고 있었다. 누
군가를 태워야 하는 건 즐겁지만 지치는 일이다. 내키는
대로 사는 즐거움은 값이 비싸다. 하루 정도는 남의 손에,
이왕이면 오랜 친구의 손에 내 갈 길을 맡겨도 좋지 않은
가 싶었다. 나는 차 문을 벌컥 열고 조수석에 자리를 잡고
앉았다.
　"가자!"
　"어디로?"

"그건 네가 결정하기로 내가 결정했다!"

패를 받은 도박꾼의 마음으로 내가 호기롭게 소리치자 홍이가 웃었다. 패를 까보기 전까지는 언제까지고 가능성을 손에 쥐고 있을 수 있다. 그건 신나는 일이다. 홍이의 차가 나를 근사한 바로 데려다주었으면 하는 바람이 있었지만, 좀 망해도 괜찮을 것 같았다. 내 선택이 아니니까 홍이를 원망하면 그만 아닌가! 우리는 일단 자유로를 탔다. 퇴근길 자유로는 하나도 자유롭지 않아 보였다. 나는 운전 좀 하는 사람이라면 조수석에서 응당 해야 할 일(야, 300미터 앞에서 우회전이다)을 외면한 채로 조수석 시트를 젖혀 비스듬히 누웠다. 엉뜨를 눌러 뜨끈뜨끈해진 시트가 우웅 소리를 내며 내려갔다.

"야, 차 죽인다."

"안정적이지?"

"응, 몇 키로까지 밟아 봤어?"

"130."

"겨우?"

홍이는 벤츠를 샀다. 홍이는 IT 개발자인데, 커리어 시작을 클라우드로 한 덕에 경력 10년 차가 되자 온갖 기업에서 홍이를 불렀다. 홍이는 그게 운이라는 걸 알 만큼 겸손한 친구였고, 바람 부는 김에 노를 저을 만큼 똑똑한 친구였다. 홍이 연봉은 쑥쑥 올랐다. 홍이가 받은 스톡값도 주식 열풍을 타서, 터키의 열기구처럼 높이 올랐다. 한껏 올라간 열기구에 탔을 때는 어차피 내려가니까 다 소용없다는 생각을 하느니 풍경을 마음껏 즐기는 게 현명한 일이다. 홍이도 그런 생각을 하는 사람인지라 일단 번 돈을 무엇인가를 위해 써보기로 결심했다. 돈 많이 벌었으니 뭘 하겠냐고 내가 물었더니, 촌스럽지만 외제차가 사고 싶다고 했다.

"하고 싶은 일에 촌스러운 게 어딨어."

"어디 가서 말하기 부끄럽긴 해."

"그럼 뭘 해야 안 부끄러운 건데?"

"글쎄… 결식아동을 위한… 기부 같은 거?"

"그것도 촌스럽다."

홍이는 부지런히 차 자랑을 시작했다. 얼마나 밟을 수 있는지, 밟으면 얼마나 안정적인지, 운전석에서만 보인다는 유리창에 비친 내비게이션과 고속도로에서 이용할 수 있는 자율주행에 대해서. 홍이가 손을 놓아도 차가 알아서 운전을 했다. 나는 '대박이다'를 연발하며 차 뚜껑도 열어 보고, 쿵짝거리는 음악도 틀어봤다. 20만 킬로나 뛰어서 택시로 사용했느냐는 오해를 받는 내 차에 비하면, 홍이의 차는 우주선에 가까워 보였다.

우리는 시속 200은 거뜬히 달릴 수 있는 외제차를 타고 시속 60으로 바에 도착했다. 바 문에는 사람 키만한 설치예술 작품이 붙어 있었다. 신발을 벗고 들어가면 가운데 느닷없이 연못이 있었고(실내에!) 어둑한 조명 때문인지 동굴 같아 보이기도 했다. 그 은밀한 인테리어 덕분에 홍이와 나는 속삭이면서 술을 마셨다. 나는 자몽 마가리타를, 홍이는 논알콜 모히또를 주문했다.

"니가 여자면 이거 완전 델마와 루이스인데."

"왜?"

"그 영화에서 델마가 뭔지 모르고 주문했다가 취한 칵테일이 마가리타거든."

"우리 계속 가는 거야! 가!"

홍이가 〈델마와 루이스〉의 마지막 대사를 따라했다. 나는 홍이의 교양에 감탄했다. 영화에서 델마와 루이스는 경찰에게 쫓기다가 벼랑을 만나자 차를 멈추는 대신 액셀러레이터를 밟는다. 차가 멋지게 하늘을 난다. 어디선가 그 영화의 결말 후보 중에 '차를 멈추고 경찰에게 투항한다'와 '세상과 화해한다' 따위가 있었다는 걸 본 적이 있다. 그런 결말이었다면 영화를 다 보고 나서 마가리타 한 잔이 마시고 싶지는 않았을 것 같다. 소주나 한 병 마시고 싶어진다면 모를까.

"자유로에서 내가 그렇게 외쳐도 너는 꼭 브레이크를 밟아야 한다."

내가 말했더니 홍이가 왜냐고 물었다.

"오래 살아야지!"

델마와 루이스가 벤츠를 탔을 것 같진 않았다. 찾아보니 1966년 포드의 썬더버드라는 차다. 그 차는 얼마나 빨리 달릴 수 있을까? 그러고 보면 우리나라에서 법적으로 달릴 수 있는 최고 속도는 기껏해야 120 남짓일 것 같은데, 200까지 달릴 수 있는 차는 왜 나오는지 모르겠다.

"200까지 밟을 일이 있어?"

"없지. 불법인 데다 나이 먹으니까 무서워서 그렇게 하고 싶지도 않아."

"근데 뭐하러 200까지 달릴 수 있는 차를 샀대."

"밟을 수 있는데 안 밟는 거랑, 밟을 수 없어서 안 밟는 거랑 다르잖아."

홍이의 대답에 나는 고개를 끄덕였다. 그건 다를 수 있지. 할 수 있는데 안 하는 사치가 부러웠다. 사실 벤츠를 산 건 엄청 부럽진 않았는데, 그 사치는 몹시 샘이 났다. 그렇게 말하는 홍이는 재벌 부모를 떠나 혼자 독립하려고 애쓰는 드러머 같았다. 우리는 재벌 2세의 반항적인 삶을 흉내 내며 웃었다.

"돈이 좋다. 부럽다."

"그치. 자랑하고 싶었어."

"자랑을 뭘 허락 받고 해."

"자랑은 원래 허락 받고 해야 하는 거야."

홍이는 벤츠를 산 걸 마음 편히 자랑할 사람이 없다고 했다. 자랑을 자랑으로만 들을 사람이 필요하다고 했다. 그 이야기를 들으니 그건 그렇지 싶었다. 삶이 고단한 사람 옆에서는 웃음 소리도 조심해야 하는 거니까.

나는 얼마 전 세 번째 시험관 시술을 위해 병원을 찾은 흰둥이를 만났다. 흰둥이는 시험관 시술이 실패할 때마다 자꾸 엉뚱한 사람을 미워하게 된다고 했다. 초조하게 결과를 기다리는 흰둥이 옆에서 초음파 사진을 두고 활짝 웃는 사람들, 손주가 노래하고 춤추는 영상을 이어폰 끼지 않고 보는 사람들, 기쁨을 감추지 않고 원장실을 나오는 사람들.

"왜 기쁨을 감출 줄 모르는지 모르겠어."

그 말을 듣고 나는 함부로 웃지 말아야겠다고 생각했다. 슬픔이 많은 세상에서는 웃음도 조심히 터뜨려야 한다고. 나는 흰둥이 앞에서 혹시 실수한 것이 없는지 돌아보았다. 홍이 같이 자랑도 허락 받고 하는 친구라면, 흰둥이 앞에서도 말을 함부로 하지 않았을 것 같았다.

나는 마가리타 잔에 리밍된 소금을 할짝할짝 핥아 먹다가 괜히 홍이의 논알콜 모히또를 뺏어 먹었다. 무알콜인데도 이렇게 맛이 좋다니. 타인의 슬픔은 왜 이다지도 멀고, 타인의 기쁨은 어째서 이렇게도 가까운 걸까.

삶의 다음 챕터를
기다리는 즐거움

며칠간 강릉에 사는 뽁이와 집을 바꿨다. 내가 강릉 초당에, 뽁이가 서울 홍대에 왔다. 뽁이는 집뿐만 아니라 친구도 소개해주고 갔다. 나는 뽁이의 욕실에서 샤워를 하고, 뽁이가 남겨 둔 식빵을 썹으며, 뽁이의 우산을 들고, 뽁이 친구를 만나러 갔다. 뽁이에게 나는 비누 냄새가 내게도 났다. 얼마간은 뽁이가 된 것 같았다. 집에 대해 알아야 할 것을 잡지 뒤편에 적어두고, '몇 페이지는 고구마를 싸느라 찢어서 없다'고 말하는 뽁이. 강릉 소식으로 월화거리에 생긴 꽃 조형물에 대해 전해주는 뽁이. 엉뚱하고 사랑스러운 뽁이.

나는 바에서 나온을 기다렸다. 뽁이와는 독서모임을 통해 만났다는 나온은 강릉에 눌러 앉은 지 1년 반이 지났다고 했다.

"내 친구 만나 볼래?"

마땅한 이유도 없이 뽁이는 친구를 소개해줬다. 내가 먼저 도착해서 나온을 기다리는 동안, 나는 나온이 어떻게 생겼을지 상상했다. 나는 언제나 기다리게 하는 자보다 기다리는 자가 되고 싶은데, 그건 이런 설렘 때문이다. 기다리는 시간은 아직 열리지 않은 페이지고, 넘기지 않은 장면이니까.

바텐더는 다른 손님이 시킨 칵테일을 화려하게 만들고 있었다. 셰이커를 다섯 번 쉐킷쉐킷, 얼음을 깎는 손놀림이 예사롭지 않았다. 게다가 메뉴판에는 무려 엔드 오브 더 로드가 있었다. 라프로익에 캄파리, 샤르트뢰즈를 섞은 칵테일이다. 이름에 걸맞게 맛도 결코 쉽지 않다. 민트 향 소독약에 설탕을 섞은 느낌이랄까. 조금 늦게 도착한 나온은 내가 주문한 칵테일 이름을 듣더니 메뉴판에서 라스트워드를 골랐다.

"너무 비장한데요?"

"길의 끝에 서서 마지막 말을 해야 할 것 같지 않아요?"

"마지막 말을 하라고 하면 뭐라고 할 건데요?"

나온은 마지막 말을 못 고르겠다고 했고, 나는 마지막 말을 최대한 늦게 해서 그곳에서 조금이라도 더 오래 살 겠다고 했다. 침묵해서 목숨을 부지할 수 있다면야. 천 년 이고 만 년이고 침묵할 자신이 있다. 릴케는 쓰지 못할 바 에는 죽는 게 더 낫다고 생각하는 사람이 시인이라고 말 하지 않나. 바로 그런 이유로 내가 시인이 아닌 거다.

나온은 두런두런 자기 이야기를 했다. 그녀는 어른들 이 최고의 회사라고 입이 마르게 칭찬하는 곳에 7년이나 다녔다. 나온은 그 좋은 회사를 들어갈 만큼 똑 부러져 보 였고 또 그 좋은 회사를 박차고 나올 만큼 자유로워 보였 다. 나이가 들수록 자신의 내면과 닮은 모습을 가지게 된 다는 게 축복인지 저주인지 알 수가 없다.

그 좋은 회사를 왜 그만뒀느냐는 뻔한 질문. 나도 닳도 록 들어서 몇 가지 레퍼토리마저 있는 그 질문을 나도 나 온에게 하고 말았다. 묻고 나니 대답보다 질문이 중요하 다며, 내 안부를 묻는 이들에게 훈계하듯 늘어놓던 과거가 부끄러웠다. 나온은 회사 생활이 영화 〈트루먼 쇼〉에 나오는 세트장에서 지내는 것 같았다고 했다.

"회사에 5만 명 정도의 사람들이 있는데요. 만 명 정도가 저랑 같은 데서 일을 했거든요. 같은 데서 밥을 먹고, 운동을 하고, 아프면 병원도 가고, 카페도 가고, 일도 하면서. 그 만 명이 세트장 같은 그곳에서 종일 왔다 갔다 하는 거예요."

나온이 다니던 회사에 나도 가본 적이 있었다. 대학캠퍼스만큼 넓은 그곳은 하나의 마을 같았다. 모두 같은 목걸이를 차고 다니는 마을. 잘 정돈된 도로와 균일하게 지어진 건물. 회사 안에는 헬스장도 수영장도 있었고, 병원뿐 아니라 심리상담소도 있었다. 종일, 아니 며칠이고 마을을 벗어나지 않아도 아무 문제없을 것 같았다. 필요한 건 거기 모두 있으니까. 정말 모두. 그 훌륭한 복지, 마찬가지로 훌륭할 것이 틀림없는 연봉.

너무 완벽해서 어딘가 기이한 그 마을에서 나온이 무엇을 느꼈을지 알 것 같았다. 때 되면 밥을 주고, 시간 되면 출근하고, 직원들의 건강을 살뜰히 챙기는 그곳에서는 어쩐지 빈칸이 없을 것만 같다. 삶의 선택지가 객관식으로 주어질 것만 같다. OMR 카드를 뒤집어도 서술형으로 쓸 칸이 없으면 어쩌나. 삶이 그토록 균일하고 안정적으로 계속되면 어쩌나. 부드러운 햇살이 내리쬐는 교실 안에서 애써 음울한 생각에 잠기려 노력하는 반항아처럼, OMR 카드에 그림이라도 그려야 하나.

잘 짜여진 삶의 시나리오를 받아들었을 때의 숨막힘. 그건 누구나 느끼는 걸까? 누군가는 〈트루먼 쇼〉의 세트장 안에서도 잘 살지 않을까. 죽는 순간까지 잘 준비된 서사를 따라 타박타박 걷는 게 의외로 괜찮다고 생각하지 않을까. 트루먼은 세상이 자기중심으로 돌아가는 걸 지긋지긋하게 생각했지만, 누군가는 가짜라도 자신이 주인공인 인생을 선택할 수도 있다.

첫 회사를 그만둔 지 벌써 7년이 지났다. 안정적인 회사였고, 그때만 해도 퇴사 열풍 같은 게 불기 전이라, '왜 그 좋은 회사를'로 시작하는 뭉툭한 질문에 나도 넌더리가 났다. 회사를 그만두고 7년. 이제는 내가 한때 회사원이었다는 걸 아는 사람도 많지 않다. 회사에 다닐 때와 그렇지 않을 때의 차이가 있다면, 삶의 다음 챕터가 무엇인지 더 짐작하기 어려워졌다는 데 있다. 〈트루먼 쇼〉에 나오는 감독 말대로 바깥 세상도 거짓말과 속임수뿐인 게 맞다면, 세트장 안과 밖의 차이는 '진실과 거짓'에 있는 게 아니라 '예측가능성'에 있을 것이다.

〈트루먼 쇼〉에서 실비아가 매달고 있는 배지에는 이렇게 적혀 있다.

"어떻게 끝날 것인가?(How's it going to end?)"

집은 없어도
취향은 있다

"코블러 가고 싶다."

"나도."

"디스코 볼란테 마시고 싶다."

"내 말이!"

"난 첫 잔으로 디스코 볼란테를 마시고, 두 번째 잔으로는 깔끔하게 블루 먼데이를 마실 거야. 두 번째 잔까지는 너무 달지 않은 게 좋아."

"그럼 나는 두 번째 잔으로 오렌지 피즈를 마실래. 차갑게 해달라고 할래."

"그럼 나는 속도를 높여서 세 번째 잔은 김렛으로 할

래. 하루키 소설에도 나오잖아. 김렛 만드는 것만 봐도 바텐더의 역량을 알 수 있다고."

"그럼 나는…"

애인과 나는 바닥에 누워서 우리가 무슨 칵테일을 마시고 싶은지 이야기한다. 우리의 '그럼 나는'은 계속 이어진다. 애인은 칵테일뿐 아니라 거의 모든 술에, 아니 술뿐만 아니라 거의 모든 음식에 해박하다. 그릴을 사서 양고기를 아랍식으로 척척 구워내는 것도, 바쁜 아침에 터키식 샐러드를 뚝딱 만들어내는 것도, 영국의 코티지 파이를 디저트로 내오는 것도 애인이다.

음식이라는 게 그저 맛만 가지고 되는 게 아니라며 훠궈를 만들어줄 때는 대만 음악을 배경으로 깔아주고, 커리와 곁들여 먹는 빵은 인도식으로 천으로 덮어둔다. 흰살 생선 요리에는 샤르도네를, 부엌에 기름 냄새를 풍겨가며 만든 깐풍기에는 상선여수를 내온다. 애인 덕에 나는 계절과 날씨, 기분과 함께하는 사람에 어울리는 요리와 술을 즐기는 방법을 알게 되었다. 애인은 얇은 지갑으로 취향을 즐기는 데 있어 국가대표급의 능력이 있다.

그에 반해 내가 유일하게 까다롭게 구는 분야가 있다면 술이다. 우리는 둘 다 바에 가는 것도, 칵테일을 마시는 것도 좋아한다. 바의 인테리어와 조명, 음악, 바텐더의 스몰토크, 칵테일의 맛까지 하나씩 더듬어 즐기는 법을 안다. 그렇다면 칵테일에 대해서 '그럼 나는'을 이야기할 시간에 바에 가도 좋으련만! 안타깝게도 우리에게는 사소한 문제가 있다. 우리 둘 다 너무 가난하다는 거다.

우리가 함께 누워 '그럼 나는'을 이어가는 곳은 홍대에 있는 나의 집이다. 집은 꽤 큰 편이지만 방 하나에 거실과 부엌이 붙어 있는 게 전부다. 건물이 너무 낡아서 자리마다 수평이 안 맞는 곳도 있다. 애인과 내가 나란히 서 있으면 장소에 따라 우리의 키 높이가 달라지는 게 느껴진다. 우리는 집안 곳곳에 서보며 어디에 서야 키 차이가 더 나는지 가늠해보기도 했다.

낡은 집은 겨울이면 가끔 수도가 꽁꽁 언다. 물이 한 방울씩 똑똑 떨어지도록 틀어 놓고 자야 한다는 걸 깜빡 잊은 다음날 아침이면 나는 패딩을 껴입고 옥상으로 이어지는 복도에 나가 드라이기로 수도관을 녹인다. 옥상으로 이어지는 복도는 대충 만들어져서 비가 많이 오는 여름날이면 어디서 샜는지 모를 물이 새기도 한다. 나는 그래도 집안에 새지 않는 게 어디냐며 안도한다. 집주인이 4년째 월세를 올리지 않는 게 좋으면서도 불안해서 나는 웬만한 일로는 관리인에게 연락하는 일이 없다.

이 집은 보증금이 높은 대신 월세는 비싸지 않은 편이라 그럭저럭 감당할 만하다. 감당하기 어려운 것은 눈만 높아진 나의 칵테일 취향이다. 우리가 가장 좋아하는 바의 칵테일 값은 평균적으로 한 잔에 이만 오천 원. 보통 각자 네 잔 정도는 마셔야 만족스럽게 마셨다 싶기 때문에 둘이 한 번 칵테일 바에 가면 안줏값을 제외하고서도 이미 이십만 원이 넘는다. 그것도 귀한 베이스를 쓰지 않는 칵테일이나, 특별한 주문이 들어가지 않은 칵테일의 경우다. 이래저래 먹어본 것도 많고 새롭게 도전해보고 싶은 것도 많은 우리가 한 번 가면, 계산서에 찍힌 금액은 우리집 월세를 훌쩍 뛰어넘고도 남는다.

이 정도면 안 마실 만도 한데, 정말이지 '오늘 같은 날은 칵테일이 아니면 안 되겠어'싶은 날이 있다는 걸 우린 안다. 이러니 우리는 낡은 우리집 바닥에 누워 '그럼 나는'을 이야기할 수밖에 없다. 특별한 날을 정해두고 그날 무엇을 마실 것인지 서로 고심하고 충고할 수밖에.

취향을 가진다는 건 퍽 비싼 일이다. 취향을 가지기 위해서는 일단 무언가를 먹어보거나, 마셔보거나, 보거나, 듣거나, 해보거나, 타보거나, 참여해봐야 하기 때문이다. 즐기는 것은 그다음이다. 좋아하게 되는 것도 그다음이다.

오페라를 즐기려면 어릴 때부터 몇 번은 오페라 공연을 보러 간 경험이 있어야 하고, 즐기는 스포츠로 승마를 꼽으려면 말 타고 장애물을 넘진 않아도 가볍게 뛸 정도로는 익혀야 한다. 오페라 공연은 한 회에 몇십만 원씩 하고, 승마는 한 시간에 십만 원은 주어야 말 허리에 다리라도 감아볼 수 있기에, 일단 지금은 유튜브 광고를 참으면 들을 수 있는 발라드를 듣고 운동화만 있으면 누구라도 할 수 있는 달리기를 선택한다.

발라드와 달리기도 좋지만 어쩐지 그것을 택하는 뒷맛이 개운하지 않다. 접시 색깔에 따라 가격을 매기는 회전초밥집 의자에 앉아 만 원짜리 그릇에 담긴 초밥을 바라보며 천 원짜리 계란 초밥을 먹는 기분이랄까. 계란 초밥이 맛이 없는 건 아닌데, 저 만 원짜리 초밥 맛이 궁금하다. 회로 먹는 생선을 이야기할 때 광어나 우럭 대신 참다랑어나 줄가자미를 말할 수 있는 건 어떤 걸까. 취미로 한번 배워 보고 싶었다며 기타 대신 하프를 사는 기분은 어떤 걸까.

그럴 때면 어쩌자고 비싼 술을 즐기는 법을 배웠나 싶기도 하다. 강백수의 노래 가사처럼 "삼겹살에 소주만 있으면 이렇게 행복한데"라고 흥얼거리며, 처음처럼과 참이슬의 차이를 음미할 걸 그랬나. 소주와 맥주, 막걸리의 분위기만 제대로 즐길 줄 알아도 내 삶은 충분히 아름답지 않겠는가. 솔직히 광어에 초고추장을 듬뿍 찍어 소주 한 잔과 즐길 때의 그 기쁨이, 봄에 딴 쑥부침개에 달달한 밤막걸리를 곁들였을 때의 환희가 위스키 한 잔보다 근사하면 근사했지 못하진 않다.

그랬다면 정말 칵테일이 필요한 그 순간에, 위스키 한 잔이 간절한 그 밤에, 빈 지갑을 걱정하며 아쉬워하지 않아도 될 테니 말이다. 모르는 것에 대해서는 가지고 싶은 마음도 들지 않는다. 몰라서 꾸지 못하는 꿈은 안타까워할 기회도 없다.

안타깝게도 술의 다양한 세계를 알아버린 애인과 나는 가끔 예상치 못한 수입이 생길 때나 기념일이면 코블러에

간다. 코블러는 영화 〈소공녀〉에서 주인공 미소가 자주 가는 바이기도 하다. 집은 없어도 생각과 취향은 있다고 말하는 미소, 위스키와 담배를 포기하는 대신 차라리 집을 포기해버린 미소는 코블러에서 위스키를 마신다.

이 영화를 만든 전고운 감독은 어느 인터뷰에서 "월세가 없어도 술을 마시는 사람들, 하고 싶은 일을 하느라 가난한 사람들에게 춥고 지독한 서울에서 만난 게 그래도 반갑다는 말이 하고 싶었다"고 말했다. 월세가 없어도 술을 마시는 사람들이라니. 정확하게 나와 애인이 아닌가. 누가 보면 겨울마다 수도관이 어는 옥탑방에 살면서 한 잔에 몇 만원씩 하는 칵테일을 마시는 우리가 영화 속 미소처럼 보일 수도 있을 것 같다.

내가 지금 가난을 농담 삼는 것, 견딜만하게 여기는 것이 어쩌면 젊은 치기일지도 모른다는 걱정이 들 때도 있다. 나이가 들수록 남들에게 가난은 게으름의 증명으로 뭉쳐질 수도 있겠다는 공포도 있다. 그럼에도 어쩌겠나. 나는 이미 칵테일 맛을 알아버린 것을.

오늘은 가성비 좋은 핸드릭스진을 마시며, 전고운 감독에게 나도 반갑다는 말을 전하고 싶다.

무엇을 위한 것도
아닌 시간

모히또를 마실 때면 쿠바가 떠오른다. 쿠바에서 나는 N분의 1인 관광객으로서 헤밍웨이가 『노인과 바다』를 썼다는 바에서 모히또를 마셨다. 무슨 일이 있었냐는 듯 (1960년대 미국이 쿠바를 침공했던 피그만 침공 사건이 일어난 곳이다) 평화로운 히론Giron에서 카리브해를 보며 다이키리나 쿠바 리브레를 홀짝거렸다. 칵테일과 카리브해! 휴가에 이보다 더 어울리는 모습이 있으려나.

당시 나는 하던 일을 또(!) 그만두고 긴 남미 여행을 하고 있었다. '어떻게 살아야 할까'라는 질문은 언제나 답이 없었고, 술에 취해 그 답의 실마리를 찾은 것 같던 순간도 아침이 되면 쉽게 사라지곤 했다. 이러다간 답을 구하지도 못한 채 질문하는 것 자체가 삶이 되어버릴 것 같았다. 한국에는 없는 자아를 찾아 너도 나도 인도나 산티아고 순례길로 떠나던 때였다. 자아라는 녀석은 어째서 꼭 인도나 티벳에 있는지 모를 일이었다. 알 수 없는 이유로 나도 쿠바로 향했다.

쿠바에는 인터넷이 잘 되지 않아 까사를 미리 예약할 수 없었다. 나는 멕시코에서 만난 친구에게 받은 한 장의 명함을 들고 까사의 주인인 파울라의 집을 찾았다. 물어물어 도착한 건물의 대문은 닫혀 있었고, 나는 일 층에서 칠 층을 향해 큰 소리로 외쳐야 했다.

"파울라! 파울라!"

그렇게 몇 번이고 외치자 파울라가 칠 층의 창문을 열고 아래를 내려다보았다. 그런 방식의 숙박 예약은 처음이었지만, 다행히 파울라의 집은 비어 있었다. 나는 그곳에 머무는 동안 그녀에게 도미노 게임과 모히또 만드는 법을 배웠다. 민트 잎을 적당히 짓이기고 럼과 설탕, 소다수를 넣는 칵테일이다.

자본주의적인 사회주의 국가 쿠바에서는 돈으로 많은 걸 해결할 수 있었지만, 한 가지 불편한 점이 있었다. 인터넷이 되지 않는다는 것이었다. 아예 불가능한 일은 아니었지만 가난한 여행자에게는 불가능에 가까울 만큼 비싼 일이었다. 하지만 그게 쿠바의 가장 큰 매력이기도 했다. 쿠바에 가는 사람들은 비행기를 타기 전에 구글 지도를 모두 다운받았고, 이제는 유물이 되어버린 여행 책자를 챙겼다.

그러나 지도를 보고 찾아간 맛집은 문을 닫았고, 길은 엉뚱한 곳에서 꼬이기 일쑤였다. 덕분에 나는 길을 헤맬 수 있는, 뜻하지 않게 근사한 식당을 만날 기회를 얻을 수 있었다. 휴대폰이 되지 않는 그곳에서, 나는 오랜만에 물리적인 현실에 집중할 수 있었다. 길은 휴대폰 속 지도가 아니라 내 눈 앞에 있었다. 인스타그램에 카리브해의 사진을 올리는 데 집중하는 대신, 칵테일의 맛을 천천히 음미할 수 있었다. 그곳에서 인터넷 세상과 단절된 기쁨을 한껏 즐겼다.

규모가 큰 회사에 다니던 때, 내게 휴가는 일과의 단절을 뜻했다. 휴가 가는 선배에게는 "회사가 무너져도 연락하지 않을게요."라는 덕담을 전했다. 휴가는 일로 쌓인 독을 푸는 시간, 책임과 의무로부터 달아나는 공백의 시간이었다. 연차 휴가는 사실상 쓸 수 있는 분위기가 아니었기에 내게 주어진 건 1년 중 단 5일의 여름휴가였다. 앞뒤로 주말을 붙이면 9일 동안은 어딘가로 숨을 수 있었다. 나는 9일을 꼬박 스페인이나 태국을 돌아다니다가 회사로 돌아와 일을 하고, 돌아오는 주말에는 깊게 앓곤 했다. 휴식의 시간을 놀이의 시간을 채운 탓이었다. 주말 내내 앓은 얼굴로 출근하면 팀장님은 물었다.

"또 아팠어?"

"네. 주말 내내 앓았어요."

"그러게 휴가 때는 놀지 말고 쉬어야지. 회사에서 푹 쉬고 다시 열심히 일하라는 뜻에서 보내준 건데."

"휴가가 그런 의미였어요?"

휴가는 생산적인 노동자가 되기 위한 수단이었다. 쉼으로써 나는 더 높은 효율로 더 많은 노동을 제공하는 근로자가 되어야 했다. 더 많은 생산을 위한 휴식, 더 능력 있는 노동자가 되기 위한 멈춤. 그건 기계가 과열되지 않게 하기 위해 세 시간마다 10분씩 냉각시간을 주는 논리와 크게 다르지 않아 보였다.

그런 마음으로 갖는 휴식이 제대로 된 휴식이 되기는 어렵다. 쉬는 동안 일터로 돌아가서 써먹을 수 있는 무언가를 배워야 할 것만 같은 마음을 준다. 하다못해 제대로 푹 쉬어서, 당분간은 쉬지 않아도 되는 튼튼한 몸을 만들어야만 할 것 같다. 불안한 노동자의 마음을 채우듯, 직장인의 휴가를 노린 명상 워크숍이나 일주일간의 내 마음 돌보기 프로그램이 유행한다. 이에 대해 제니 오델은 『아무 것도 하지 않는 법』에서 가브리엘 모스Gabrielle Moss의 말을 인용한다.

"자기 돌봄은 '운동가들의 손에서 빼앗겨 값비싼 배스 오일을 구매할 핑계로 변신할 준비를 마쳤다'"

쿠바 여행은 '더 나은 생산성을 위한 워크숍'이 아닐 뿐 아니라, 인터넷 세상과 단절될 기회를 주었다는 점에서 휴가 같았다. 세상과 내가 휴대폰으로 연결되어 있지 않다는 느낌은 너무 오랜만이라 생소할 지경이었다. 어떤 물건 없이는 살수 없는 존재가 된다면, 내가 그 물건의 주인이라기보다 그 물건이 나의 주인이라고 말하는 편이 더 맞지 않을까?

아무것도 하지 않고 가만히 있는 시간은 어디로 갔을까? 나를 들여다보는 시간이 간절하다.

인생 술 총량의
법칙

바에서 아픈 사람을 보는 건 흔치 않은 일이다. 아주 건강한 사람이 오는 것도 드문 일이지만(술을 좋아한다는 것 자체에서 슬픈 예감이 느껴진다), 그래도 몸에 알코올 몇 방울 정도는 떨어뜨릴 수 있는 이들이 오기 때문이다. 병원에서 일하는 사람에게 이 세상이 아픈 사람으로 가득 차 있다고 보인다면, 바에서 일할 때 나에게는 이 세계의 절반이 애주가로 차 있는 것처럼 보였다. 내일의 평온을 팔아 오늘의 쾌락을 사는 이들이 모인 풍경은, 비극을 담보하는 누아르 영화를 닮았다.

그래서일까. 욱이 선배가 바에 앉아 있는 모습은 낯설

었다. 나는 대학 때 힙합 동아리에 있었는데, 1년에 한 번 열리는 졸업생들의 모임이 바에서 열렸다. 나는 욱이 선배가 클럽공연에서 〈굳세어라 금순아〉를 부르던 장면으로 그를 기억했다. 그는 현인의 〈굳세어라 금순아〉를 오마주해서 자작 랩으로 노래를 새로 만들었다. 가사가 아직 기억난다.

"굳세어라 금순아, 비가 와도 눈보라가 몰아쳐도. 누구보다 웃거라."

그러나 바에 온 욱이 선배는 내가 거뜬히 들 수 있을 만큼 말라 있었다. 거친 볼이 움푹 파였다. 졸업반일 때 욱이 선배는 백혈병 판정을 받았다. 그가 병원에서 완치와 재발을 반복하는 동안 다른 동아리 멤버들의 삶은 팽팽 돌아갔다. 졸업을 하고, 몇몇은 취업을 하고, 또 다른 몇몇은 춤을 추거나 랩을 하는 삶을 이어갔다. 그중 다시 몇몇은 결혼을 하거나 아이를 낳기도 했다. 그런 삶을 상상하면, 나는 주인공만 서 있고 주변인들이 끊임없이 돌아다니는 영화의 한 장면이 생각난다. 아프다고 해서 삶이 멈추는 것은 아니므로, 어쩌면 그는 우리 중 누구보다 생생하게 살고 있었을 수도 있다.

승진과 출산을 축하하는 덕담이 오가는 자리에서 욱이 선배도 말을 얹었다.

"나도 축하받을 일 하나 있어."

"뭔데요?"

"얼마 전에 모기에 물렸어."

그는 자랑스럽게 모기 자국이 남아 있는 팔뚝을 보여주었다. 그의 가느다란 팔에 새끼손톱보다 작은 모기 자국이 있었다.

"그게 축하할 일이에요?"

"응. 전에는 모기가 내 피는 안 빨았거든."

"아, 피가 건강해져서 그렇구나."

"모기한테 물린 게 좋을 줄 몰랐어."

우리는 모기에게 피를 빨린 욱이 선배를 축하해줬다. 나는 그에게 보드카가 빠진 스크루 드라이버, 그러니까 그냥 생으로 짠 오렌지주스를 선물로 주었다. 그의 자랑은 둘씩, 혹은 서너씩 떨어져 앉은 사람들의 테이블 위를 수증기처럼 떠돌았다. 그 자랑 앞에서 우리의 이야기들은 동화집에 실린 이야기들처럼 고만고만해졌다. 첫 장편으로 막 입봉을 한 선배 A의 펴진 어깨와 둘째를 가진 선배 B의 한숨, 신도시에 학원을 차린 후배 C의 떨림 같은 것들이 잔잔한 파도처럼 들렸다.

아픈 사람 앞에서 칵테일을 마신다는 건 어쩐지 못할 일 같다. 우리는 저마다의 감옥에 살고, 모두에게는 각자가 짊어져야 할 십자가가 있다지만, 누군가의 십자가는 외면할 수 없을 만큼 더 커 보인다. 어째서 사람마다 지닌 고통의 평균값은 이렇게도 다른 건지. 왜 그냥 주어진 대로밖에 살 수 없는 건지. 그런 생각을 할 때면 종교를 가지고 싶어진다. 이 부조리함에는 마땅히 이유가 있어야 할 것 같다. 삶에서 내가 바꿀 수 있는 것은 거의 없고 내가 선택할 수 있는 것은 태도뿐이라는 것은 아무리 노력해도 익숙해지지 않는 사실이다.

나와 팟캐스트를 함께 하는 친구 다혜는 술을 잘 마시지 않는다. 그가 이십 대 때 얼마나 술을 사랑했는가에 대해 이야기하는 모습은, 옛사랑을 잊지 못해 '그때 그 시절'을 회고하는 취객의 모습을 닮았다. 웬만해서는 술을 입에 대지 않는 지금의 그를 보면 상상하기 어려운 '그때 그 시절'이다.

"그렇게 술을 좋아한 사람이 말이야. 어떻게 이렇게 술을 안 마셔?"

"건강이 안 좋으니까 그렇지."

"나도 알지. 술 마시면 건강에 안 좋은 거. 그런데 안다고 다 행동할 수 있는 건 아니잖아. 이 AI야."

"네가 아직 엿되어보지 않아서 그래. 진짜 죽겠다 싶으면 그때 변하는 거야."

다혜는 대학 때 '100일 금주'는 못해도 '100일 매일 마시기'는 곧잘 달성하곤 했다는 무용담을 전했다. 우리는 '인생 술 총량의 법칙'에 동의했다. 삶에서 사람이 마실 수 있는 술의 양은 정해져 있다는 설이다. 아마 우리가 태어날 때 각자 다른 크기의 술병을 들고 태어나지 않았을까?(누군가의 술병은 깨져있기도 한 것 같다) 우리는 이십 대 때 이미 너무 많은 술을 병에 채워버렸다. 다혜의 술병은 벌써 병의 목까지 다 찼다. 나의 술병도 절반은 넘었음에 틀림없다. 이럴 수가.

나에게 허용된 칵테일이 몇 잔이나 더 남았는지는 알

수 없으므로 나는 최대한 한 잔 한 잔을 정성껏 즐기려고 한다. 예능을 틀어놓고 칵테일을 마신다거나, 취해서 무슨 맛인지도 모르는 채로 칵테일을 마실 수는 없다. 그건 내 남은 술병에 대한 예의가 아니다. 칵테일을 마신다는 것이 삶에서 얼마나 근사한 사치인지 곱씹으면서, 한 잔한 잔을 소중히 마시겠다. 그렇게 소중히 즐겨야 할 것은 칵테일뿐 만이 아니다. 내게 제한적으로 주어진 것이 칵테일만은 아니기 때문이다.

나는 오늘의 칵테일을 손에 쥔다. 욱이 선배에게 주었던 오렌지주스에 진과 설탕을 넣은 오렌지 블라썸이다. 축하할 이벤트가 있을 때 많은 손님들에게 대접하곤 하는 칵테일이다. 축하할 일이 뭐가 있을까. 그래. 일단은 오늘이 있음에 축하를!

두 번째 잔.
대충 살자, 스크루드라이버
만드는 미국인처럼

오늘도 한 편의
연극을 한다는 마음으로

다시 태어난다면, 혹은 이제까지 살아온 삶을 리셋할 수 있다면 나는 배우가 되고 싶다. 이 삶과 저 삶 사이를 뛰어다니며 어느 날에는 걸인이, 다른 날에는 왕이 되어보고 싶다. 모두에게는 단 하나의 삶만 주어진다는 그 명백한 진실을 자조하면서도 그 비극에서 벗어나려는 흉내를 낼 수 있다면 그건 연극이 아닐까. 그렇다고 해서 우리가 여러 번 살 수 있는 건 아니지만, 적어도 그런 시늉을 하는 동안에는 어떤 인생을 살까를 두고 주사위를 굴리고 있다는 착각은 할 수 있다. 시도해도 실패할 일을 계속한다는 것이야말로 인간성을 증명하는 것이니까.

연극은 내 삶의 전환점에 꼭지점을 알리는 고깔처럼 등장하곤 했다. 한번은 명동예술극장에서 〈더 파워〉라는 연극을 봤다. 자본주의 사회에서 버둥되는 인간 군상을 세 시간 정도 바라보고 나니, 그 연극을 바라보고 있는 나조차 세상이라는 거대한 무대에서 허우적거리고 있는 엑스트라처럼 여겨졌다. 뭐 대단한 인생이라고 이렇게 고심한단 말인가! 줌아웃한 카메라의 시선으로 바라보니 퇴사니 입사니 하는 것들이 하찮아 보였다. 덕분에 나는 연봉 두둑한 그 회사를 그만둘 수 있었다. 퇴사 만세, 연극 만세, 덧없는 내 삶 만세다.

다른 한 번은 연극 동호회에서 셰익스피어의 〈한여름 밤의 꿈〉을 무대에 올렸을 때다. 나는 아둔한 광대 역할을 맡았다. 연극에서 내 대사는 '우와'라거나 '세상에' 따위의 감탄사를 제외하고는 채 다섯 줄이 넘지 않았다. 그 다섯 줄로 나는 내가 연기를 끔찍하게 못한다는 걸 깨달았다. 그런데도 그 경험은 내 안의 무언가를 건드렸다. 덕분에 나는 또 하던 일을 그만두고 세 달간 남미 여행을 떠났다.

연극을 직접 해보지 않았더라면 나는 아마 이번 생에 배우가 되려는 치명적인 결심을 했을지도 모른다. 하지만 내 연기를 일찌감치 깨달은 덕분에 보는 사람도 부끄럽게 만드는 발연기를 하는 대신, 살면서 틈틈이 연극적인 제스처를 취하는 걸 즐기게 되었다. 바에 가는 것도 그런 제스처 중 하나다. 바에 가기 위해 옷을 차려 입고 구두를 신는 일, 바 문을 열고 자리를 찾아 앉는 일, 칵테일을 주문하고 바텐더가 술을 만드는 걸 바라보는 일은 꽤 연극적인 면이 있다. 그곳에 있는 모두가 배우고, 모두가 관객이다.

옷을 제대로 차려 입어야 한다는 것부터 그렇다. 종로 내자동에는 일본에서 하드셰이킹 기법을 배워왔다는 바텐더가 있다. 그래서인지 늘 웨이팅이 있는 그 바 입구에는 드레스 코드 안내판이 있다.

"남성은 티셔츠, 반바지, 비치샌들 여성은 비치샌들을 신은 경우 입장을 제한하고 있습니다. 또한 신사분은 매장 내에서 모자를 벗어주세요."

고작 술 한 잔 마시자고 옷까지 차려 입어야 하나 싶다가도 커다란 나무문을 밀고 들어가 바텐더들을 보면 그런 말이 쏙 들어간다. 그곳의 바텐더들은 어깨에 뽕이 들어간 하얀 자켓을 입고, 빨간 나비넥타이를 하고 있다. 온갖 술병이 가지런히 정돈된 장을 배경으로 그렇게 똑같이 옷을 갖춰 입은 것을 보면 어쩐지 경건한 마음까지 든다. 그곳이 바가 아니었다면 그들의 복장은 지나가는 사람을 한 번쯤 돌아보게 했으리라.

그만큼 과장된 격식을 차리고 선 그들을 보면 그 가게의 지침이 사뭇 너그럽게 느껴진다. 티셔츠와 반바지, 샌들만 아니면 된다니. 이 정도면 꽤 마음을 곱게 쓴 게 틀림없다. 그곳에서 여름 나시에 헐렁한 반바지와 샌들을 신은 손님을 보게 된다면 어쩐지 흥이 깨질 것 같다. 모두 이게 연극이라는 걸 알면서도 모종의 합의를 하고 무대에 섰는데, 무대 위의 규칙을 지키지 않은 자가 난입해 '이건 모두 연극이잖아요. 이 우스운 복장은 다 뭐람?'이라고 외치는 기분일 것이다.

솔직함, 편안함, 가성비의 가치가 인정 받는 시대다. 서로가 서로에게 어떤 감정인지 도무지 말로는 꺼내지 않아 음악과 호흡으로 두 주인공의 사랑을 짐작해야 하는 화양

연화식 로맨스는 그 영화와 함께 끝났다. 숯불에 구운 고기를 안주 삼아 소주를 한 잔씩 따라주며 솔직한 마음을 나누는 '가장 보통의 연애'가 먹히는 시대다. 썸은 편의점 앞 파라솔 아래에서 만 원에 네 캔 하는 맥주를 까며 만들고, 유혹은 '고양이 보러 갈래'나 '넷플릭스 보고 갈래'로 대신한다. 사랑한다는 말을 하기 위해 나의 나타샤나 흰 당나귀 운운했다간 '그래서 하고 싶은 말이 뭔데?'라는 소리를 당나귀가 등장하기도 전에 듣게 될 것이다.

요즘 솔직하다는 건 여러모로 강점이자 무기가 된다. '긍정적'이라는 것이 어떤 태도의 문제를 떠나 '좋다'라는 것과 동의어로 쓰이는 것처럼, '솔직하다'는 것 역시 성격을 표현하는 것을 넘어서 칭찬의 카테고리 안에 들어왔다. 너도 나도 일상을 솔직하게 보여준다며 브이로그를 하고, 연예인들은 예능 프로그램을 통해 자신의 안방까지 스스럼없이 공개한다. 물론 그 솔직함에도 대중이 허용하는 정도가 있지만 말이다.(쌩얼인데도 여전히 아름다워야 하는 연예인들처럼)

그것이 얼마나 진실한가의 문제와는 별개로 솔직함, 편안함은 보편적인 강점이 되었다. 광고도 '까놓고' 하면 솔직해서 괜찮지만, '내돈내산'이라고 해놓고 실은 기업의 후원이 있었던 뒷광고인 게 밝혀지면 지탄을 받는다. 가끔 솔직함은 용서를 구하는 자의 무기가 되기도 하고, 불편하고 내밀한 욕망을 정당화하기 위한 도구로 쓰이기도 한다.

격식을 차린다거나 때와 장소에 맞게 예의를 갖추는 일은 어쩐지 밀레니얼 세대에게는 어울리지 않는 거추장스러운 장식같다. 도덕적으로 뻔한 이야기를 늘어놓으면 '선비질'한다는 댓글이 기다렸다는 듯 올라온다. 우리에게 필요한 것은 노골적인 솔직함, 자신을 드러내는 당당함, 규칙을 제거한 편안함이라는 구호가 들린다.

솔직함이 이렇게 근사한 가치로 노미네이트 된 시대에 불편한 옷을 갖춰 입고 바에 앉아 칵테일을 즐기는 일은 인스타용 허세로 치부되기 좋다. 거기에는 #혼술 #도시여자 #분위기좋은바를 태그로 걸어야 한다. 여기에 솔직함을 조미료로 넣고 싶다면 #도시여자놀이 #허세인증 따위를 추가해도 좋겠다. 혼자 칵테일을 마시는 일이 허세스럽다는 것을 '솔직하게' 인정해서 솔직 점수를 추가로 받는 한 단계 높은 방법이다.

술 한잔을 하기 위해 옷을 갖춰 입고 바에 간다는 것 자체가 발레가 끝난 후의 과장된 인사(허공으로 두어번 손을 흔들고 다리를 쭉 뺀 채로 허리만 굽히는 인사법)처럼 우스꽝스러운 것으로 여겨질 수 있다. 그럼에도 내가 그 부풀린 제스처를 사랑하는 이유는 그런 약속된 행위에서 오는 연극적인 즐거움이 있기 때문이다. 내가 이곳에서 이런 옷을 입음으로써 다른 페르소나를 쓰고 있다는 것, 그 공간에 모인 모두가 합의한 룰에 따를 준비가 되어 있다는 것, 그럼에도 이 모든 약속이 일시적이라는 것에 공모하는 은밀한 즐거움. 불편함을 감수하고 질서를 지키며 춤을 추는 데서 오는 희열. 또 거기에는 분명 겉으로 드러나는 멋진 기세를 두르는 자기애도 있다.

여러 면에서 나는 꽤 솔직한 편이다. 솔직함을 미덕으로 교육 받았을 뿐 아니라 솔직한 것이 '솔직히' 편하기 때문이다. 그럼에도 역시 나는 낯을 붉히게 되는 노골적인 솔직함보다는 지나친 격식을 선택하고 싶다. 인위적인 연극 무대 위에서 서로의 거리를 유지하며 너도 알고 나도 아는 그 무언가에 대해서 대놓고 이야기하지 않는 것이 좋다. 비약하자면 그것이 좀 더 문명화된 사회 아닐까?

내가 이제까지 오로지 나였고, 지금도 나이고, 앞으로도 계속 나일 것이라는 사실 때문에 가끔 숨이 막힌다. 가끔 연극 무대 위에 나를 올려놓는 일은 건전한 해방감을 준다. (내게는)안타깝지만 (모두에게는)다행히도 나는 배우가 아니고, 그래서 나는 가끔 옷을 갖춰 입고 바에 앉아 격식을 차리는 것으로 연기를 대신한다. 손을 허공에 두어 번 휘젓고 다리를 쭉 빼며 허리를 굽힌다. 오늘의 첫 잔은 무엇으로 할까?

엄마는 다시 태어나면
뭐가 되고 싶어?

"엄마는 다시 태어나면 뭐가 되고 싶어?"

내가 몇 번이고 그렇게 물어도 화자는 늘 같은 대답을 한다. 혹시 다음에 물으면 다른 대답을 할까 싶어 몇 달이 지난 후에 물어도 답은 늘 똑같다. 귀찮다는 듯, 심드렁하게, 가끔은 한숨을 내쉬며 이렇게 말한다.

"다시 안 태어나고 싶어."

그 말이 어쩐지 속상해 나는 다시 채근한다.

"왜 다시 안 태어나고 싶어? 원하는 대로 태어날 수도 있잖아."

이것도 같은 레퍼토리다. 메기는소리를 들은 소리꾼처

럼 화자가 날래게 받는소리를 뱉는다.

"원하는 게 없어. 다시 안 태어나는 게 원하는 거야."

"뭔가 해볼 수도 있잖아."

"아무것도 안 해볼 거야."

"그럼 아무것도 안 하는 돌멩이로 태어나면 되잖아."

"안 태어나면 되지. 뭐하러 돌멩이로 태어나서 아무것도 안 하겠어."

대답하기 싫다고 손사래를 치면 될 것을, 화자는 성실하게 '안 태어날 이유'를 밝힌다. 나는 마지막 남은 옥장판을 팔아야 하는 장사꾼처럼 화자를 살살 달래본다.

"100조를 가진 부자로 태어난다고 해도?"

"캘리포니아에서 부유한 백인 남성 마이크로 태어난다고 해도?"

"지금 기억을 다 가지고 태어날 수 있다고 하면?"

무엇도 화자의 쇠고집을 꺾을 수는 없다. 화자는 100조도 싫고, 키가 180cm가 넘는 색목인으로 태어나는 것도 싫고, 기억을 다 가지고 태어나는 것이야말로 제일 싫다고 한다. 자기 혼자 이미 다 죽은 사람을 기억하는 일은 괴로울 거라고 했다. 패배다. 화자 없는 세상에서 다시 태어날 생각을 하니 아쉬운 건지, 다시 태어나기 싫을 만큼 세상 사는 게 힘들었다는 말이라 마음이 아픈 건지 모르겠다. 다행히 나는 다시 태어난 세상에서 화자가 있었으면 좋겠다는 이유로 100조를 줘도 다시 살기 싫다는 사람을 환생시킬 위인은 아니다. 몇 달 뒤에 다시 물어보자는 계획으로 마음을 달랜다.

내가 잠잠해지면 화자는 방으로 들어간다. 맥주를 마시려는 거다. 우리 가족은 다들 술을 잘하는 편이다. 노영이는 여느 중년 아저씨들처럼 한창일 때 자기가 얼마나 술을 잘 먹었는지를 자랑하곤 한다. 허풍이라는 것이 다 그렇듯 시간이 갈수록 눈덩이처럼 불어나서 10년 전만 해도 하루에 소주 열 병을 먹었다고 말한 것이, 지금에 와서는 한 박스가 되어 있는 식이다. 그와 연애 결혼을 한 화자의 증언에 따르면 앉은 자리에서 일곱 병은 마셨다고 하니 그 말이 영 없는 말은 아니었던 것 같다.

반면 젊은 시절 맥주 한 잔만 마셔도 취하곤 했다던 화자는 요즘 반주로 소주 한 병을 너끈히 소화하는 기염을 토해 남은 가족들로부터 '실은 술을 못 먹는 척했던 거 아니냐'는 의심을 산다. 그게 사실이라면 화자는 30년 넘게 노영이를 속여 온 셈이니 존경받아 마땅하다. 뭐든지 30년 넘게 한다는 건 쉬운 일이 아니다. 그게 심지어 매일 보는 사람을 속이다니, 이 얼마나 대단한가!

화자는 가끔 저녁에 반찬으로 남은 멸치를 안주 삼아 맥주를 마신다. 주로 고든 램지가 극찬했다는 카스다. 아이라이너를 그리지 않고서는 남편 앞에 설 자신이 없어서 안방과 주방, 거실과 화장실에 늘 아이라이너를 두고 사는 연예인의 이야기를 들은 적이 있다. 그 이야기를 들으며 나는 화자를 생각했다. 우리 화자도 침대 옆과 주방 찬장 아래, 베란다 귀퉁이에 맥주를 두는데. 마치 그게 급하게 찾아야 할 안정제라도 되는 것처럼.

가끔 집에 가면 화자가 먹다 마신 맥주캔이 집 여기저기에서 발견된다. 나는 침대 옆 스탠드를 켜기 위해 허리를 들었다가, 라면을 찾기 위해 찬장을 뒤지다가, 휴지를 채워두려고 베란다에 나갔다가 반쯤 남은 맥주를 발견한다. 저렇게 두면 김빠지는데. 김빠진 맥주만큼 사람 김을 빠지게 하는 게 없는데. 나는 거리의 청소부처럼 맥주캔을 수거해 싱크대에 버린다. 강아지를 산책시킬 겸 새 맥주를 사러 간다. 엄마가 머리가 깨질 만큼 시원하고 톡 쏘는 맥주를 마셨으면 한다.

화자는 결혼하기 전까지는 술을 잘하는 편이 아니었다. 결혼 전, 전셋집인 줄 알았던 노영이의 방은 알고 보니 월셋집이었다. 그렇다면 아무리 술을 못하던 몸이라도 맥주 한 잔 정도가 들어갈 만하다. 풍납동에 있던 한 칸짜리 신혼 방은 여름에 장마만 지면 물이 들어왔다. 화자와 노영이는 여름만 되면 바닥에 있던 집기들을 선반 위에 올려놓고 물을 펐다. 한번은 주인집이 휴가를 간 동안 물난리가 났다. 주인집의 물을 퍼주는 조건으로 화자와 노영이는 주인집에서 잘 수 있었다. 주인집 이 층은 뽀송뽀송하고 따뜻했다. 맥주가 한 잔 더 들어가야만 할 것 같다. 장마가 끝나고 화자는 남양주에 있는 엄마네 집으로 들어가기로 결심했다. 월세로 나가는 돈이라도 빨리 모아서, 전셋집이라도 구해봐야지 싶었다.

남양주에 있던 화자의 엄마집은 빌라였는데, 스무 평 남짓한 그곳에서 열 명이 함께 지냈다. 화자의 엄마와 여동생이 한방을 썼고, 거실이었지만 미닫이문으로 막아

방으로 만든 곳에서 네 명의 남동생이 지냈다. 화자네 가족은 가장 큰 방을 썼다. 그 방에서 지내면서 화자는 버스를 두 번이나 갈아타야 하는 종로까지 일을 다녔다. 아이는 화자의 엄마에게 맡겼다. 노영이도 같은 회사에 다녔다. 돈을 아끼기 위해 화자는 두 시간 일찍 일어나서 도시락을 쌌다. 도시락은 네 개였다. 점심과 저녁. 화자와 노영이의 것. 그렇게 몇 년을 일했더니 돈이 모였다. 이 정도면 맥주 한 캔 정도는 숨도 돌리지 않고 비울 만한 내공이 아닌가.

"그때 내가 그렇게 안 했으면 가게 보증금 못 모았지."

화자는 보증금으로 남양주에 가게를 얻었다. 그때 화자 나이가 서른둘. 지금의 나보다 어린 나이다. 그 가게에서 화자는 30년을 보냈다. 매일 도시락을 네 개 싸서 노영이와 점심, 저녁을 나누어 먹었다. 가게는 매장 열 평, 공장 열 평 정도다. 화자는 공장에 앉아, 매장과 공장을 잇는 문을 통해 거리를 바라본다. 가게 일을 도와주러 갈 때면, 나는 화자가 앉는 자리에 앉아 거리를 바라본다.

30년.

김빠진 맥주라도 몸에 좀 들이붓고 싶어진다.

화자가 맥주 맛을 알고 먹는지, 고든 램지가 느끼는 그 맛으로 카스를 먹는지 나는 잘 모르겠다. 어쩌면 김빠진 맥주와 진정제는 별다른 차이가 없는 것 같기도 하다. 마셔서 답답한 마음이 좀 가라앉으면, 속이 좀 풀리면, 무언가를 잊을 수 있으면 맥주가 아니어도 상관없었을 것 같기도 하다. 그렇게 생각하니 화자가 김빠진 맥주를 마시는 동안 칵테일 운운하며 좋은 바를 찾아다녔던 내가 부끄러워진다. 누구도 안 보이는 곳으로 숨고 싶은데, 그때 생각나는 건 화자가 자주 입는 특이한 무늬의 원피스 뒤밖에 없다. 화자 때문에 부끄러워진 나는, 화자 뒤로 숨고 싶어진다.

"좋은 바가 있다니까."

"나는 양주 싫더라."

"양주로만 만드는 것도 아니야."

"머리 아파서 싫어."

"도시의 분위기 즐기러 가는 거지."

"나는 시골이 좋아."

칵테일바에 같이 가자는 제안을 화자는 끝내 거절한다. 누가 이야기해도 살살 웃으며 들어주는 모습 때문에 사람들은 화자가 마음이 약한 사람이라고 생각하지만, 내가 보기에 화자는 누구보다 고집이 센 사람이다. 나는 화자를 데리고 긴자의 유명한 바텐더가 운영한다는 바에도 가고 싶고, 한강뷰가 죽여준다는 바에도 가고 싶고, 프레젠테이션이 화려하다는 바에도 가고 싶지만, 화자가 가고 싶은 건 강이나 밭이다. 혹은 섬이나 바다다.

아무래도 바 같은 건 내버려두고, 거기서 화자와 맥주나 시원하게 마셔야겠다. 적어도 김빠진 맥주는 아니었으면 좋겠다.

그리고 은근하게 다시 물어봐야지. 처음 물어보는 것처럼.

"엄마는 다시 태어나면 뭐가 되고 싶어?"

대충 살자.
스크루 드라이버 만드는 미국인처럼.

뽁이와 집을 바꿨다. 뽁이의 집은 송정해변이 내려다보이는 곳에 있다. 그 집에서는 걸어서 10분이면 바다까지 내달릴 수 있었다. 5시가 넘으면 커다란 거실 창문으로 해가 지는 것도 볼 수 있었다. 거실 창문으로 보이는 게 바다라니. 바다라니!

5년째 홍대에 사는 내가 창문 밖으로 볼 수 있는 건 6차선 도로 정도였다. 밤마다 경찰차와 응급차 소리가 번갈아 들렸다. "4885, 세우세요! 세우세요!"하는 소리, 어디 불이 났는지 소방차와 응급차가 위잉 달려가는 소리가 꿈까지 따라 왔다. 매일 버스 도착 방송과 취객이 싸우는 소리를 들으며 잠을 청했다. "106번 버스가 들어오고 있습니다"와 "꺼지라고! 미친놈아!" 사이에서 옅은 잠을 잤다. 피로는 문을 꼭 닫아도 쌓이는 먼지처럼 성실하게 쌓였다.

뽀이와 집을 바꾸기로 한 하루 전까지, 나는 일에 시달렸다. 비영리단체의 대규모 포럼에 방송작가로 짧게 일하는 중이었는데, 클라이언트의 태도가 아주 개같았다. 니가 맞네, 내가 맞네. 매일 옥신각신하느라 진이 다 빠졌다. 다들 제 얘기만 하겠다고 쩔쩔맸다. 그만하겠다는 소리가 명치를 타고 뜨겁게 올라올 때마다 같이 일하는 사람들을 생각하며 참았다. 일을 잘 해내는 걸로 나를 증명해내는 방법은 내게 독이 되었다. 새벽까지 일을 하고, 아침에 도착할 뽀이를 위해 청소까지 하고 나니 새벽 네 시가 넘었다. 창밖에서 106 버스가 들어오고 있다는 방송이 들렸다.

다음날, 차로 세 시간 반을 달려 도착한 뽀이네 동네는 고요했다. 길에 지나다니는 사람도 별로 없었다. 멀리서 개 짖는 소리가 났다. 할머니 두 분이 골목에 빨간 플라스틱 의자를 꺼내 놓고 앉아 있었다.

뽀이네 집에 들어갔더니 곳곳에 메모가 붙어 있었다. 빔프로젝터를 연결하는 방법이나 분리수거 방법 같은 걸

적어둔 쪽지였다. 정수기에는 이런 메모가 붙어 있었다.

'멈추게 하려면 3초 전에 버튼을 눌러야 해. 정수기가 느긋한 편이야.'

그 쪽지를 보고 나는 픽 웃었다. 정수기가 느긋한 편이라니. 그렇게 생각하고 정수기를 다시 보니 어쩐지 좀 느긋해 보이는 것도 같았다. 냉장고에 있는 아오리사과에도 '웰컴;)' 이라는 쪽지가 붙어 있었다. 바다에 10분 만에 걸어갈 수 있는 지름길을 표시해 둔 포스트잇도 있었다. 요즘 같은 시대에 누가 지도를 그리나 싶었지만, 뽁이가 그린 지도는 어떤 밭을 가로질러야 한다고 써 있었다. 기업연수원 뒷문으로 들어가 밭으로 나가야 하는 지름길이라니. 뽁이의 엉뚱함이 새삼 귀여웠다.

뽁이가 그린 엉성한 지도를 들고 바다를 향해 걸었다. 수영복 위에 흰색 나시티와 반바지를 입었다. 배낭에 돗자리, 물안경, 오렌지주스, 미니 앱솔루트, 선글라스, 최은영 작가의 신작을 챙겨 넣었다. 가는 길에 편의점에 들러 얼음컵도 샀다. 바람이 불 때마다 산에서 파도치는 것처럼 쏴쏴 소리가 들렸다. 그게 파도소리인지, 바람 따라

휘청거리는 나무 소리인지 구분하느라 잠깐 밭에 서있다가 다시 멈추지 않고 걸었다.

"술이 그렇게 좋아?"

뽁이가 술을 계속 마시길래 그렇게 물었던 적이 있었다. 내가 우리집 근처에서 바를 할 때 뽁이는 두 시간만 있다 간다고 하더니 결국 문 닫을 때까지 술을 마셨다. 그러다 예약해 둔 호텔 대신 우리집에서 자고 갔다. 그때 뽁이는 참 술을 많이 마셨다.

"안 좋아할 이유도 많은데 좋아할 이유도 많아."

우리는 술이 좋은 이유에 대해 말하면서 술을 마셨다. 새뮤얼 애덤스 윈터 에디션이 나온 참이라 치즈에 곶감을 얹어 함께 마셨다. 우리는 같은 대상을 좋아하는 연적 같았다. 그 대상에 대한 각자의 애정을 과시하며 내가 그를 더 좋아한다고 질세라 말했다. 더 많이 좋아하는 사람이 이기는 것처럼. 내가 그렇게 말하자 뽁이가 답했다.

"더 많이 좋아하는 사람이 이기는 거 맞아."

송정해수욕장에서 만 원에 파라솔을 하나 빌렸다. 파라솔 밑에 돗자리를 펴고 얼음컵에 오렌지주스랑 보드카를 따랐다. 미국인들이 좋아하는 스크루 드라이버였다.

미국인이 이 칵테일을 만들 때 공구 드라이버를 사용했다고 해서 붙여진 이름이다. 드라이버로 슥슥 섞을 만큼 대충 만들었다는 뜻인데, 사실 대충 만들어도 먹을 만하다. 보드카 조금, 오렌지주스 조금. 좀 약한데? 다시 보드카 조금. 좀 센데? 다시 오렌지주스 조금. 그러다 보니 보드카도 오렌지주스도 동이 났다.

"대충 살자. 스크루 드라이버 만드는 미국인처럼."

일을 열심히 해봤자 나에게 남는 게 뭔지. 존재의 증명을 실력으로 해야만 할 만큼 내가 사랑받지 못하고 살았던 걸까. 칵테일은 차가운데 속은 홧홧했다. 바닷물도 좀 절버덕대고, 좀 취하고 나니까 뽁이와 술에 대한 사랑 고백을 주제로 대결할 때 내가 했던 말이 뭐였는지 기억났다. 술을 마셔야 지금, 여기에 있을 수 있다는 거였다. 일이 바빠서인지, 서울이 번잡스러워서인지, 요즘 자꾸 누가 차렷이라도 시킨 것처럼 빳빳하게 살았다.

"아, 좋다."

진짜 지금 여기에 있는 것 같았다.

그대로 누워서 잠깐 자고 일어났다. 돌아와서 샤워할 때

보니 몸이 잔뜩 타서 수영복을 입은 부분만 하얬다. 집에 오는 동안 몸이 다 말라서 집 앞에서 모래를 훌훌 털어냈다. 물크러진 바다 냄새가 났다. 걸어올 때는 해가 지고 있었는데, 샤워하고 나오니 금방 어둑해져 있었다.

거실에서 바다를 바라보면서 닭강정하고 맥주를 마시고 있었는데, 밖에서 특이한 소리가 났다. 왁왁하다가 꽥꽥하기도 하고 우월월하기도 했다. 처음에는 누가 소리를 지르나 했다. 여기서도 누가 밤에 싸우는구나. 하긴 사람 사는 데가 뭐 다르겠나. 그런데 자세히 들어보니 사람 소리가 아닌 것 같았다. 세상에, 고라니였다. 그 소리의 정체가 고라니라는 걸 깨달은 순간 와하하 웃음이 났다. 느긋한 정수기와 왁왁거리는 고라니라니.

고라니 소리가 멀리서 들리는데도 참 잘 잤다. 고라니는 106번 버스와 다르게 꿈까지 따라오지 않았다. 그렇게 고요하게 잔 게 얼마 만인가 싶었다. 아직도 이곳에서의 날들이 꽤 남았다는 사실에 안도하면서 잤다. 뽁이는 늘 이런 곳에서 지내는구나. 이런 일상이라면 뽁이와 '누가 누가 이곳을 더 좋아하나'에 대해 두 번째 배틀을 해도 좋을 것 같았다.

내가 이 세상에 태어날
확률은

남자는 나이가 서른이 되도록 장가를 못 가고 있었다. 80년대에 서른이 된 남자가 아직 장가를 안 갔다고 하면 사람들은 무슨 큰 사연이 있겠거니 지레짐작하며 안타까움을 가장한 호기심의 눈길을 보냈다. 그게 아니라고 하면 의심스러운 눈빛으로 남자를 위아래로 훑어보다가 등을 돌렸고 저희끼리 사내구실을 못 하는 거 아니냐고 숙덕거렸다.

그런 숙덕거림에서 벗어나기 위해 남자는 오랜만에 들어온 선 자리를 담판을 짓겠다는 마음으로 받아들였다. 무스를 아끼지 않고 양껏 바르고 제일모직 양복을 날을 세워 다려 입었다. 남자는 종로에 두 시간 먼저 도착했는데 그렇게 멋을 냈음에도 종로에는 멋쟁이들이 너무 많아 보였다. 남자는 자신의 낡은 구두가 부끄러워졌다. 할인하는 구두가 있을까 하여 주춤거리며 종로 금강제화 가게 문을 열었다. 금강제화 직원은 선생님, 선생님 하면서 무릎을 꿇고 남자의 발에 구두를 신겨주었고, 남자는 선생님이 아닌데도 선생님이 된 것 같은 기분이 들어 월급의 절반에 가까운 가격의 구두를 신고 나왔다. 직원이 그의 낡은 구두를 정성스레 봉투에 담아주는 동안 남자는 왠지 멋쩍은 기분이 들었다.

그런 기분은 그의 구두에 대해 알고 있는 마지막 목격자에게서 벗어나 거리로 나오자마자 없어졌다. 구두 때문에 남자는 종로에 있는 멋쟁이 정도는 아니더라도 비슷한 수준의 사람이 된 것 같았고 그런 사람들이 하는 것처럼 어깨를 펴고 큰 보폭으로 걸었다. 가끔 손으로 귀 뒤의 머리를 밀어주기도 하면서.

남자가 여자와 선을 보기로 한 곳은 종로 대한극장 옆 삼양다방이었다. 약속은 2시였는데 남자는 한 시간이나 일찍 도착했다. 남자는 종로거리가 내려다보이는 이 층

창가에 앉아 커피를 시켰다. 달걀노른자가 없는 커피가 나왔지만 혹시 종로에서는 달걀에 노른자를 띄워 먹는 게 촌스러운 일인가 싶어 남자는 불평하지 않고 커피를 받았다. 여자는 2시가 되어도 도착하지 않았다. 여자들은 으레 늦는 법이지. 남자는 개의치 않고 기다렸고 2시 반이 되어도 여자가 도착하지 않자 화장을 하느라고 늦는가 보군. 그쪽도 오늘 담판을 지으려고 하는 것인가 하고 자신을 위로했다.

3시가 되자 입술이 붉은 다방 직원이 더 계시려면 커피를 더 시키라고 했고 남자는 그러겠노라고 고개를 끄덕였다. 4시가 되어서야 남자는 자신이 바람맞았다는 걸 깨달았다. 빨간 입술의 직원이 뾰로통한 표정으로 그에게 무어라 말을 하려는 찰나 남자는 이제 그만 일어나보겠다고 말했다. 남자는 낡은 구두가 든 봉투를 귀중한 비밀이라도 되는 양손에 꼭 쥐고 대한극장 앞으로 내려왔다. 그리고 대한극장 앞에서 벤치에 멍하니 앉아 있는 여자를 발견했다.

여자는 오른쪽 구두만 신고 왼쪽은 맨발인 채였다. 벤

치 아래로 나머지 한 짝의 구두가 보였다. 자세히 보니 구두 굽이 부러진 것 같았다. 남자는 혹시 저 여자가 선을 보기로 나온 그 여자가 아닌가, 이 앞까지 오고 보니 구두가 부러져서 못 온 것은 아닌가 하는 생각이 들었다. 여자는 턱선이 동그랗고 얼굴이 희었다. 주선자는 여자의 외모에 대해 가타부타 말을 하지 않고 그저 네 이상형일 거라고만 이야기했다. 저 여자가 내 이상형의 외모인가. 그렇게 생각하고 보니 그런 것도 같았다. 그러다 여자와 눈이 마주쳤다. 남자는 머뭇거리다가 자신의 구두를 생각했고 자신 있게 그녀를 향해 걸음을 옮겼다.

여자는 양숙희가 아니라고 했다. 그리고 묻지도 않았는데 저는 정화자예요, 라고 조그맣게 덧붙였다. 그 말 덕분에 남자는 용기를 내어 다시 물었다. 구두가 부러졌나봐요. 남자가 마치 당신의 속옷 색깔은 무엇이냐고 물은 것처럼 여자는 얼굴이 빨개져서 고개를 푹 수그리고 보일 듯 말 듯 고개를 끄덕였다. 정화자는 그러면서 아무것도 신지 않은 왼발을 벤치 밑으로 슬그머니 넣었는데 그 모습이 남자 마음의 무언가를 건드렸다.

남자는 비밀처럼 쥐고 있던 봉투를 왼손으로 바꿔 들고

바지에 손을 두어 번 닦은 후에 여자에게 손을 내밀었다. 저는 박노영이라고 합니다. 그리곤 남자 평생 한 번도 해 본 적 없는 말을 내뱉었다. 혹시 시간 있으세요?

후에 여자는 무얼 믿고 처음 보는 사람과 시간을 보냈냐는 딸의 질문에 "니 아빠가 악수하기 전에 손을 바지에 쓱쓱 문지르더라고. 손이 더러운 것도 아니었는데."라고 답했다.

둘은 대한극장에서 가장 빨리 볼 수 있는 〈터미네이터〉를 보았다. 여자는 아놀드 슈왈제네거가 웃통을 벗고 울끈불끈한 근육을 드러낼 때면 얼굴을 붉혔다. 남자는 영화를 대충대충 보면서 여자를 흘끔거리느라 그 사실을 알 수 있었다. 남자는 평소 좋아하던 아놀드 슈왈제네거가 그 영화에서는 무식하게 힘만 센 것처럼 보였다. 여자 몰래 남자는 팔에 힘을 주어봤지만 그의 이두박근은 아놀드 슈왈제네거의 팔목만해 보였다. 남자는 〈고래사냥〉을 볼 걸 그랬다고 후회했다.

여자는 그 날 남자의 커다란 신발을 신고 신설동에 사는 언니네로 돌아갔다. 남자는 고민하다 여자에게 새 신발을 주고 봉투 속에서 낡은 구두를 꺼내 신었다. 여자는 제가 낡은 신발을 신겠노라고 손사래를 쳤지만 남자는 꼭 돌려주라는 뜻이라며 고집을 굽히지 않았다. 집으로 돌아가는 길에 남자는 낡은 구두를 신었는데도 금강제화에서 처음 신을 신고 나올 때처럼 어깨가 저절로 펴졌다.

후에 남자는 친구들에게 발바닥을 맞으면서도 이게 다 구두 '덕분'이라고 웃었다. 아이를 낳으면서 여자는 이게 다 구두 '때문'이라고 분해 했다. 사실 '낡은 구두' 같은 사람이었는데 자신에게는 '새 구두' 같은 면만 보여주었다고 했다.

그날 양숙희는 남자를 바람맞힌 게 아니었다. 대한극장 옆 삼양다방은 두 개가 있었고 남자는 이 층의 삼양다방에, 여자는 지하에 있는 삼양다방에서 서로를 기다렸던 것뿐이었다. 남자는 평생 양숙희를 만날 일이 없었다. 여자가 어떤 질문에도 더 얼굴을 붉히지 않게 되자(심지어 속옷 색깔을 묻는 질문에도) 남자는 종종 잠든 여자 옆에서 양숙희가 어떻게 생겼을까 상상했다. 살면서 어쩌면 양숙희 옆을 지나갔을지도, 양숙희와 같은 식당에서 수저질 했을지도 모른다고 생각했다.

나는 가끔 생각한다.

만약 남자가 여자에게 새 구두가 아니라 낡은 구두를 건네주었더라면, 그래서 여자의 언니가 비싼 새 구두를 보고 돈 좀 있는 남자임이 틀림없다고 여자를 등 떠밀지 않았더라면 어떻게 되었을까?

만약 양숙희가 이 층의 삼양다방을 제대로 찾아왔더라면, 입술색이 붉은 다방 레지가 이 근처에 삼양다방이 하나 더 있다고 말해주었다면 지금 남자는 양숙희와 같이 살고 있을까? 만약 남자가 아예 구두를 사지 않았더라면? 여자에게 건넬 구두가 하나도 남지 않았더라면 어땠을까?

나는 그만한 확률로 태어났다. 아빠가 새 구두를 사고, 엄마의 구두 굽이 부러지고, 종로 대한극장 옆에 삼양다방이 두 개나 있을 확률로. '만약에'가 천 개가 되고 만 개가 될 확률로. 그러니 내가 '삶은 계획대로 되지 않는다'라는 걸 믿고 사는 운명론자가 된 것도 이상한 일은 아니다. 나는 구두에서 태어났으니까.

사실 이 이야기는 나의 상상 속에서 심하게 각색되었다. 엄마 아빠는 연애 결혼을 했다. 그래도 여전히, 나는 나의 '만약에'를 기다린다. 내가 칵테일바에서 옆에 앉은 남정네들을 흘끔거리는 인물은 아니지만, 바텐더에게 적절하지 않은 농담을 던지며 허허덕거리는 손님은 아니지만, 어쩌면 아주 어쩌면 나의 '만약에'가 칵테일에 있지는 않을까 상상해보기도 한다. 녹아웃을 시키면, 누군가가 복싱과 진 터니를(녹아웃은 1927년 복싱 헤비급 세계선수권에서 잭 뎀시를 꺾은 진 터니를 기리기 위해 만들었다)를 말하지 않을까 하는 상상. 샴페인에 주스를 섞은 미모사를 시키면 누군가가 하루키의 『1Q84』(소설 속에 칵테일 미모사가 나오는 장면이 있다)를 이야기하지 않을까 하는 기대. 내가 구두에서 태어난 것처럼, 새로운 인연이 칵테일에서 태어나지는 않을까 하는 바람이 있다.

삶의 모든 일이 다음 사건의 복선이고 가는 모든 곳이 내일을 위한 디딤돌이라면 우리의 삶은 얼마나 신나는가. 그러나 세상은 그렇게 순차적이고 논리적이지 않기에, 나는 나의 '만약에'를 만들기 위해 여기저기 기웃거리며 많은 것을 좋아하려 애쓴다. 나의 다음 '만약에'가 칵테일에서 시작된다면 어떤 칵테일일까 상상하며.

딱 한잔만
마셔야 한다면

칵테일을 마시러 가면 보통 석 잔이나 넉 잔쯤을 마시지만, 한 잔밖에 마시지 못할 때도 있다. 칵테일값은 너무 비싼데 내 주머니는 홀쭉하거나 누군가를 기다리는 중일 때, 어제 잔뜩 마셔서 정말 더 들어갈 것 같지 않을 때는 한 잔만 마신다. 칵테일을 한 잔밖에 시키지 못한다고 생각하면 갑자기 조급해진다. 한 번밖에 사랑하지 못할 거라는 말을 들은 것처럼 신중해진다. 후회하지 않을 한 잔을 시켜야 할 것 같다.

"몽키토닉 주세요."

진토닉은 진부하지만 만들기 쉽기 때문에 안전하게 선

택하고 싶은 마음이 들 때 좋다. 그렇지만 시켜놓고 보니 또 진토닉인가 싶다. 진토닉이라면 어제도 마셨고, 지난주에도 마셨는데! 언제까지 안전하게만 살 거야!

"아니, 저기. 죄송한데 올드패션드로 바꿔주세요."

동그랗게 잘 깎인 얼음 위에 셰이크에서 막 나온 술이 장맛비처럼 내린다. 올드패션드는 독한 술을 조금씩 홀짝이며 한 잔을 마지막의 마지막까지 즐기고 싶을 때 딱이다. 시켜놓고 보니 갑자기 달달한 치치를 마실 걸 그랬나 싶다. 스콧 피츠제럴드가 좋아했다던 진 리키가 땡기기도 한다. 바 너머를 바라보니 주문을 또 바꾸기엔 이미 늦은 상황인 듯하다. 겸연쩍은 마음을 끌어안으며 칵테일을 기다린다. 청량하고 상큼한 한 잔을 시키려고 하면 어쩐지 달달하고 화려한 칵테일이 아쉽고, 밀키한 칵테일을 시키려고 하면 테두리에 소금이 리밍된 짜릿한 한 잔이 아쉬운 식이다. 한 잔, 딱 한 잔만이라니!

"어떤 글을 쓰고 싶어?"

애인이 그렇게 물었을 때 나는 한 잔의 칵테일을 골라야 할 때처럼 곤란해졌다. 그 말에 대답하면 어쩐지 거기에 꼭 들어맞는 글만 써야 할 것 같다. 나는 말이나 글에는 주술적인 힘이 있다고 믿는다. 점쟁이들의 말이 잘 들어맞는 것도 어쩌면 그가 어떤 문장을 내뱉는 순간 그 문장이 듣는 사람에게, 또 세계에게 영향을 미치기 때문인 것 같다. 무당이 미래를 예측할 수 있다고 믿는 것과 그가 내뱉는 말이 우주의 기운을 바꾼다는 것 중에 무엇이 더 비논리적인지는 알 수 없는 노릇이다. 그렇지만 재수 없다고 문지방도 안 밟고, 죽는다고 빨간펜으로 이름도 안 쓰는 사회니까 뭐 이 정도는 괜찮지 않나.

"〈추석이란 무엇인가〉로 유명해진 김영민 교수님처럼 깊은 메시지를 재치 있게 던지는 글을 쓴다면 좋을 것 같아. 꽃신을 신고 사뿐사뿐 걷는 것처럼 쓰잖아. 읽는 사람도 소풍 온 것처럼 즐겁게 읽을 수 있고. 전하고 싶은 메시지도 분명하고."

말해놓고 보니 김영민 교수님은 나와 거리가 너무 먼 사람이다. 하버드대를 나온 박사에 서울대학교 정치외교학부 교수라니. 베스트셀러 작가이자 영화 평론가라니. 그런데 진지하면서 웃기다니. 가끔 이렇게 모든 분야에서 뛰어난 사람을 보면 신이 재능과 운을 한 사람에게 몰아줬다는 생각이 든다. 재능도 운도 딱히 없는 나는 내 몫의 무언가를 뺏긴 사람처럼 억울해진다. 질투 앞에서 사람은 쉽게 못나진다. 주문한 칵테일을 바꾸는 마음으로, 급하게 문장을 고친다.

"아니야! 역시 이슬아 작가처럼 쓰는 게 좋은 것 같아. 매일 한 편씩 써내는 지구력이 대단하잖아. 글쓰기는 꾸준함이 천재성을 이겨낼 수 있는 유일한 예술 분야라고 들었거든."

애인은 선선히 고개를 끄덕인다. 지금 와서 하버드 박사를 하겠다는 목표보다는, 매일 한 편씩 글을 쓰겠다는 다짐이 현실적으로 느껴진다. (그러나 지금은 그것 역시 하버드 박사 만큼이나 어렵다는 걸 안다) 애인은 내가 이슬아 작가를 얼마나 좋아하는지 잘 알고 있다. 그녀의 산문집은 내가 아껴 읽는 몇 안 되는 책이다. 매일 한 편의 글을 써내는 사람은 자신을 숨기기 어렵다. 글은 무서울 정도로 쓰는 사람을 잘 드러내기에, 좋은 글을 쓰려면 좋은 사람이 되는 수밖에 없다. 이슬아 작가 글을 보면 그녀가 얼마나 좋은 사람인지 알게 된다. 김영민 교수님처럼 마음껏 시기하고 싶은데, 그 압도적인 사랑스러움 앞에서 나는 무릎을 끓는다. 그냥 마음껏 좋아해버리는 게 마음 편하다.

"그리고 할 수 있다면 신형철 평론가님처럼 잘 벼린 글을 쓰고 싶어."

마지막 한 잔이라는 말에 초조해진 사람처럼, 나는 이슬아에 신형철을 얹는다. 그렇게도 다른 두 사람의 글을 모두 흉내 내고 싶다는 말이 스스로도 우습다. 아니다. 김혼비 작가처럼 재미있고 싶고, 위근우 작가처럼 신랄하고 싶고, 전하영 작가처럼 이제까지 아무도 말하지 못했지만 모두가 알고 있는 바로 그 지점에 대해 이야기하고 싶다. 그러니 사실 나는 모두가 되고 싶은 셈이다.

모두가 되고 싶은 사람은 아무도 될 수가 없다. 말하자면 달콤하고 드라이하면서, 화려하면서 심플한 칵테일을 원한 셈이다. 보드카와 진과 럼과 위스키를 때려 붓고, 캄파리와 쿠엥트로, 베일리스와 카시스를 섞은 칵테일 맛은 정말 괴이할 것 같다.

"아니다. 아니다. 이제 진짜 마지막이야. 나는 그냥 열심히 쓸래. 나처럼 쓸래."

질문을 하나 했을 뿐인데, 애인은 내 옆에 앉아 자꾸만 변하는 대답을 듣고 있는 신세가 되었다. 나는 그게 미안

해서 '이게 진짜 마지막'이라고 힘주어 말한다. 그렇게 말하고 보니 점쟁이의 예언처럼, 그것이 곧 벌어질 일 같다. 나처럼 쓰는 것이 정답 같다.

나처럼 쓰기 위해서는 나 자신을 사랑하는 일이 먼저다. 자기가 사랑받아 마땅하다고, 사랑받을 만한 구석이 충분하다고 믿는 사람은 남의 흉내를 내지 않는다.

애정결핍에 시달리며 관심 받기를 갈망했던 중고등학교 때가 떠오른다. 그때 내가 갈급하게 애정을 구했던 건 부모로부터 받는 애정이 부족해서는 아니었다. 그때는 너도 나도 다 그렇게 관심을 호소하며 살았다. 나는 인기 있는 사람이 되기 위해 여러 사람을 흉내 냈다. 어느 학기에는 모범생이었다. 별명이 최면술사였던 역사 선생님 수업에도 절대 졸지 않았다. 다음 학기에는 교복 치마를 몇 단 접어 입고, 브래지어 속에 애들과 시장에 나가서 산 뽕을 넣었다.

제일 힘든 건 '아싸'처럼 구는 거였다. 세상 일에 관심 없다는 듯 제일 뒷자리에서 고개를 파묻고 자는 애들은 쿨해 보였지만 따라 하기 어려웠다. 나는 온갖 것에 관심이 많아서 미어캣처럼 머리를 들고 사는 애였기 때문이다. 돌아보면 나는 딱히 모범생도, 날라리도, 아웃사이더도 아니었다.

내가 좋아하는 친구들은 다 좋아할 만한 구석이 있다. 나와 매거진 〈딴짓〉을 같이 만드는 황은주는 아는 사람만 아는 개그를 잘 친다. 그녀의 개그 속에서는 삼한과 민며느리제, 딸깍발이와 같은 잊혀진 교과서의 단어들이 툭툭 튀어 나온다. 장모연은 주변 사람들에게 솔직하게 마음을 다 보여주는 매력이 있다. 그녀에게는 오래 마음에서 묵히고 삭혀 비뚤어진 마음이 없어 보인다. 반면에 세상 삐딱하게 보기로는 둘째가라면 서러워할 내 애인의 매력은 바로 그 시니컬함에 있다. 세상 어떤 것이라도 조롱할 준비가 되어 있는 사람이 흔히 그렇듯 통찰력 하나는 기가 막힌다.

누가 자신의 매력을 말해달라고 하면 나는 마음을 다해 내가 느낀 바를 솔직하게 오랫동안 이야기해주고 싶다. 그들이 나의 문장을 주머니에 넣고 문을 나서서 하루를 잘 견뎌냈으면 하는 바람이다.

나에게도 그런 일을 해주고 싶다. 누군가를 흉내 내지

않으면서 그냥 나인 채로 써도 괜찮다고. 지금 이대로도
충분히 매력 있다고.

너무 얼렁뚱땅
사랑하는 거 아냐?

클라이밍을 하다 떨어졌다. 그리 높은 데서 떨어진 것
도 아닌데 연골판이 끊어졌다. 그땐 어떤 소리가 났을
까? 뚝. 똑. 파삭. 다리를 절룩거리며 세브란스 병원에
입원했다. 장애등급을 받을 정도는 아니지만 군 면제는
될 수 있다고 했다. 군 면제라니! 쓸모없고 귀한 쿠폰을
받은 것 같았다. 누구한테 양도 안 되나? 당근마켓에 올
리고 싶었다.

'연골파열 팔아요. 군 면제 가능여. 네고X'

의사는 내게 두 가지 가능성이 있다고 했다. 봉합과 절
제. 연골판이 완전히 끊어진 게 아니라면 봉합해볼 수 있

지만, 끊어진 거라면 연골을 다듬는 데서 수술이 마무리될 거라 했다. 그럼 연골판으로서의 기능은 영영 못 하는 거라고 했다. 영영.

"연골판 없이도 살 수 있나요?"

이제까지 연골판이라는 게 있는 줄도 몰랐으면서, 나는 영영이라는 단어에 흔들렸다. 영영이라는 말을 하면 무엇이든 조금 애잔해진다. 우리 못 보는 거야? 영영? 술은 못 마시는 거야? 영영?

"그럼요."

의사는 무심하게 답했다. 이미 마음이 떠난 연인처럼. 영영 같은 건 중요하지 않은 사람처럼. 곰곰에게 의사의 말을 전했더니 그가 말했다.

"다들 뭐 하나씩은 없이 사는 거야. 괜찮아."

곰곰이 중대한 사실을 전하듯 속삭이며 덧붙였다.

"나는 새끼발가락에 가운데 마디가 없어."

"그럼 새끼발가락이 두 마디야?"

"응. 한국인들 중에 그런 사람이 많대."

나는 내 새끼발가락을 들여다보았다. 세 마디였다. 찾아보니 「한국인의 두 마디뼈 발가락의 발현」이라는 논문도 있었다. 한국인 중에 새끼발가락의 가운데 마디가 없이 두 마디뼈로만 이루어진 발을 가진 사람이 많다고 했다. 새끼발가락을 보다 보니 연골판이 없어도 정말 괜찮은 것 같았다. 알고 보면 다들 뭐 하나씩은 없이 산다. 신장이나 어금니, 머리털 없이도 잘 산다. 사랑하는 사람 없이도 산다. 그런데 뭐, 있는 줄도 몰랐던 연골판 정도야 괜찮지 않을까.

수술 전날 입원해서 탱탱볼과 드라마를 봤다. 하루에 삼만 원을 내야 하는 5인실 병동에서 환자용 침대에 둘이 몸을 욱여넣고 봤다. 다른 사람을 사랑하게 된 남편이 가족들 앞에서 엉엉 울고 있었다. 사람이 어떻게 평생 한 사람만 사랑할 수 있겠냐고. 자기한테 너무 많은 걸 바라는 거 아니냐고 말하고 있었다.

"너무 얼렁뚱땅 사랑하는 거 아냐?"

탱탱볼이 말했다.

"얼렁뚱땅 하는 게 뭔데?"

"뚱땅거리며 하는 거지. 사랑이 뭔지 생각 안 해보고 대충 대충. 마음 가는 대로."

탱탱볼은 누가 좋고, 보고 싶고, 안고 싶은 것만으로 사랑이라 부르는 건 너무 게으르지 않냐고 했다. 로미오와 줄리엣이 괜히 십 대 청소년들인 게 아니라고. 그런 마음만으로 어떤 걸 사랑이라고 부를 수 있는 건 십 대 때나 하는 일이라고 했다.

"걔네가 오십 대였으면 그렇게 서로 죽자고 좋아하지 않았으려나?"

"나이가 중요한 게 아니야."

"그럼?"

"어려워야지. 그 선택이 어려워야지."

꽤 근사한 대답이로구나 싶었다. 책임을 져야 한다거나 신의를 지켜야 한다는 이야기를 했더라면 고개만 끄덕였을 것이고, 사회제도가 그렇다거나 남들도 그렇게 산다는 이야기를 했다면 침묵했을 것이고, 요한복음을 읽어주었더라면 혀를 찼을 텐데 말이다. 탱탱볼은 어려운 사랑을 한 이력이 충분했다. 나는 경력자의 말을 존중하기로 했다.

밤이 되자 간호사가 와서 수술에 대한 추가 안내를 해주었다. 긴 동의서도 받아 갔다. 수술 후 주의 사항에 금주가 있었다.

"얼마 동안 마시면 안 되나요?"

"입원하시는 동안에는 당연히 안 되고요. 퇴원하신 후에도 몇 주는 참으시는 게 좋아요."

내가 살려달라는 눈빛으로 탱탱볼을 바라보았다.

"내가 논알콜 칵테일 만들어줄게."

어려운 사랑에 대해서만 경력자인 탱탱볼이 말했다.

"논알콜 칵테일은 칵테일이 아니야."

"그럼 뭔데?"

칵테일이야말로 얼렁뚱땅 만들어진 단어다. 사람들은 음료를 두 개 이상 섞기만 하면 칵테일이 된다고 믿는 것 같다. 하기야 보드카에 오렌지주스만 대충 부어도 스크루 드라이버가 되고, 진에 토닉만 부어도 진토닉이 되니까 틀린 말은 아니다. 그래도 아무 음료나 대충 섞는다고 다 칵테일이 되는 건 아니다. 그런 걸 칵테일이라고 부르면 안 될 것 같은데. 그건 만들기 위해 이틀 전부터 준비해야 하는 코블러의 디스코 볼란테 같은 칵테일에 대한 모욕이다.

"그런 건...... 혼합음료지."

모두가 사랑이 무엇인지에 대해 다른 답을 가지고 있는데, 얼렁뚱땅 사랑으로 퉁쳐 버리니 오해가 있을 수밖에. 누군가를 깊게 사랑하게 되면 나는 상대가 말하는 사랑을 자꾸 의심하는 버릇이 있다. 그가 말하는 사랑이 내가 생각하는 사랑이 맞는지. 우리가 같은 언어를 쓰고 있는 건지 말이다. 그가 그냥 많이 좋아하는 걸 가지고 사랑한다고 말하는 건 아닌지.

조금 있으면 나는 연골판 수술을 하러 들어간다.(이 글도 병실에서 쓰고 있다) 수술이 잘 끝나면 혼합음료를 마셔야지. 탱탱볼은 칵테일이라 주장하고 나는 혼합음료라고 믿는 그걸 마셔야지.

매일 달라지는
블루하와이의 맛

삼십 대가 된 것이 좋다고만 말할 수는 없을 것 같다. 내가 무슨 표정을 짓고 있는지 신경 쓰지 않아도 되는 시절은 여의었고, 나에 대해 변명을 해야 할 일이 많아졌다. 주머니에 든 것이 어째서 이것뿐인지, 왜 하얀 면사포를 쓰고 곱게 앉아 있지 않는지, SNS가 자신의 얼굴이 된 시대에 어쩌자고 얼굴 없이 사는지. 피구공처럼 나를 때리러 오는 질문을 날래게 받아낼 정신적 체력도 없고, 다시 잽싸게 공격할 의지도 없다. 딴청을 피우며 질문을 흐리는 법만 익혔다.

"그럼 이십 대로 돌아갈래?"

그런데도 이런 질문에는 고개를 내젓는다. 뭐든 확실하게 말하기를 꺼리는 내가 단박에 대답할 수 있는 몇 안 되는 질문이다. 이십 대의 나는 스스로 가누기에는 너무 기운이 넘쳤고 제멋대로였다. 마음이 호찌민의 여름 날씨처럼 요동쳤다. 해가 쨍했다가, 스콜이 왔다가, 숨이 막히게 더웠다가, 바람막이를 걸쳐야 할 만큼 쌀쌀해지기도 했다. 무엇보다 고된 건 연애였다.

이십 대의 연애가 로미오와 줄리엣처럼 마냥 낭만적일 것 같지만(생각해보면 로미오와 줄리엣의 연애를 '낭만'이라고 봐야 할지 모르겠다) 나처럼 자의식이 비대한 스무 살이 하는 연애는 그리 뜨겁지도 않았다. 누군가를 사랑하는 법도 여러 번의 연습과 훈련이 필요한 일이라는 걸 그땐 몰랐다. 가슴에 길쭉하게 그어진 흉터를 사랑하기보다는, 탄탄한 가슴을 보며 달콤한 말썽을 일으키고 싶었다.

이십 대의 나는, 상대를 사랑하기보다는 상대를 사랑하는 나를 사랑하거나 사랑하는 장면을 연출하는 우리를 사랑하는 경우가 많았다. 잔잔한 마음의 호수에 작은 물결만 일어도 괜히 물장구를 쳐 파도로 만들곤 했다. 둘이 하는 연애인데 관객이 있는 것처럼 우스꽝스럽게 굴었다.

스무 살 때 자주 가던 바는 학교 앞에 있던 올디즈였다. 칵테일 가격은 육천 원이었는데, 소주나 맥줏값보다는 비쌌지만 오늘 마시면 내일 점심을 굶어야 할 정도는 아니었다. 데이트를 할 때도 경계를 내려놓고 갈 수 있었다. 만나지 얼마 되지 않은 연인에게 빈 지갑이란 낡은 속옷만큼이나 보여주기 싫은 것이다. 학교 앞에는 유흥가가 즐비한 큰 길이 있었고, 구석구석 좁은 골목이 미로처럼 연결되어 있었다. 그 좁은 골목을 누비며 '이 지역 대학생인 우리만 아는 곳'을 찾아다니는 재미가 쏠쏠했다.

　"대로변에 있는 가게들은 뜨내기들이나 가는 거지. '우린' 달라."

　단순히 학교가 그 동네에 있다는 것만으로, 우리는 내심 그 동네의 주인인 것처럼 굴었다. 골목에 숨겨진(사실 임대료가 비싸서 뒤로 물러난) 술집들을 잘 알고 있다는 게 우리가 그 동네의 주인이라는 걸 증명한다고 믿는 치기였다. 나무로 만들어진 올디즈 대문을 당겨 열면 일 층에는 오래된 주크박스와 빈티지 가구가 있었다. 이 층으로 올라가야 보드카와 진, 럼, 위스키가 가득한 바와 테이블을 볼 수 있었다. 그게 숨겨진 공간 같은 은밀한 매력을 더해

주어서, 나는 썸이 생길 때마다 상대를 데리고 올디즈에
갔다.

"어떤 걸 드릴까요?"

그럼 나는 메뉴판을 보지도 않고 이렇게 말했다.

"블루하와이 주세요."

연애 상대를 데리고 바에 가면 나는 익숙한 것처럼 블
루하와이를 시켰지만, 사실 아는 칵테일이 몇 없었다. 그
래도 이런 데 익숙한 사람처럼 보이고 싶었다. 허세부리
기를 좋아하는 인간은 바에서 주문할 수 있는 기회를 놓
치지 않는 법이다. 왜 블루하와이냐고? 화려하니까! 블
루하와이는 럼에 오렌지 리큐어와 파인애플 주스, 레몬
주스를 섞고 얼음과 함께 셰이크한 뒤에 과일로 장식하는
칵테일이다. 바텐더의 셰이킹도 볼 수 있고, 파란 빛깔 때
문에 뭔가 신비한 느낌이 난다. 그 화려함에 기대어 나도
좀 그런 사람으로 보였으면 했다.

"바에 자주 와?"

상대가 그렇게 물으면 나는 별일 아니라는 듯 칵테일을
몇 번 휘저으며 무심하게 답했다.

"가끔. 혼자."

한 달에 사십 만 원의 용돈으로 빠듯하게 사는 대학생이었지만 그때 나는 시크한 도시 여자 흉내를 내고 싶었다. 당연히 혼자 바에 가는 일은 없었다. 그걸 다 받아주었던 그때의 썸남들에게 이 글을 통해서나마 삼보일배로 미안한 마음을 전한다.

"혼자 오는구나. 멋지다."

설사 그의 리액션이 나와 입술이나마 부비고 싶어서 내뱉었던 말이라도 할지라도, 나의 뻔한 멘트에 면박을 주지 않았다는 것만으로도 그는 백 점 만점에 백 점! 나는 자꾸 썸남들에게 로맨틱 연극의 상대 역할을 시켰고, 무대는 늘 바였다. 누가 연애는 꼭 로맨틱해야 한다고 강요한 것도 아닌데 데이트를 할 때마다 나는 그날 하루가 로맨틱해야 한다는 강박에 시달렸다. 로맨스 하면 또 칵테일 아닌가!

가끔은 상대가 로맨스에 어울리지 않는 장르의 캐릭터를 연기할 때도 있었다. '근데 걔가 거기서 방귀를 뀌는 거야!'라는 멘트는 시트콤에 어울리니까 탈락! '근데 가성비로는 소주가 낫지 않아?'라는 말은 분위기를 깨니까 탈락! 그때 나는 네이버 평점을 매기는 리뷰어, 까다로운 기준을 가진 〈미스트롯〉의 심사단이었다. 그러니 연애를, 아니 사랑을 제대로 할 리가.

크리스마스에 올디즈에 가면 사장님이 어디선가 특별히 모셔온 듯한 바텐더가 불쇼를 하거나 플레어쇼를 보여주기도 했다. 푸어러를 끼운 보드카를 머리 위까지 들고 정확히 셰이커에 쏟아낼 때마다, 셰이커가 공중으로 붕붕 날아다닐 때마다, 칵테일잔에 불이 붙을 때마다 환호성을 지르며 박수를 치면 심장 박동이 빨라졌다. 곁에 있는 사람 때문인지, 술 때문인지, 플레어쇼 때문인지 몰랐지만 아무렴 어떨까.

학교 앞의 골목을 누비며, 숨겨진 바를 찾는 기쁨을 즐기며 연극하듯 연애하던 기억이 그리 나쁘지만은 않다. 그 시간들 덕에 나는 좋아하는 마음과 사랑하는 마음이 다르다는 것을, 많이 좋아한다고 해서 사랑할 수 있는 게 아니라는 것을 알게 되었다. 익숙하다고 해서 사랑한다고 착각하지 말아야 한다는 것도, 사랑한다는 말로 표현할 수 없는 마음이 있다는 것도. 블루하와이와 피냐콜라다, 페니실린, 파라다이스, 블랙러시안을 다 마셔본 후에야 내가 상큼하고 달달한 블루하와이보다 피트한 향이 강한 페니실린을 좋아한다는 걸 알게 된 것처럼.

올디즈에는 바텐더가 없고 대신 몇 달을 주기로 바뀌는 아르바이트생만 있었다. 아르바이트생이 바뀔 때마다 블루하와이 맛은 조금씩 변했다. 사실 나는 블루하와이 맛이 뭔지도 모르고 마셨던 셈이다. 그래도 블루하와이 위에 올라가던 칵테일픽에 꽂힌 체리와 조잡한 우산 장식은 그대로였다. 통조림 체리와 종이로 만들어진 가짜 우산이 그때의 연극적인 사랑놀이같기도 하다.

매일 변하는 블루하와이 맛, 그게 완전 별로였다고 말하긴 어렵지만 그래도 내가 원하는 칵테일이 무엇인지 보다 정확하게 설명할 수 있는 지금이 만족스럽다. 사십 대는 얼마나 더 근사하려나. 내가 사랑에 대해 무엇을 얼마나 더 알 수 있으려나.

모든 이별은
각자의 몫이다

어젯밤 꿈에서 화자가 죽었다. 꿈에서 나는 침대에 누워 엉엉 울었다. 화자가 죽었다는 것이 와닿지 않아 그게 무슨 의미인지 생각했다. 살아서는 다시는 얼굴을 볼수 없다는 말, '엄마, 나 왔어'라고 이야기를 할 수 없다는말, 텔레비전을 보는 화자 곁에 누워 배를 만져 달라고 칭얼거릴 수 없다는 말이었다.

나는 그 엄청난 사실이 두려워서 차마 똑바로 볼 수가없었다. 화자 없는 내일을 상상하지 않는 것만이 살길 같았다. 화자와 무엇을 할 수 없음을 생각할 때마다 우주에버려진 것처럼 숨이 턱 막혔다. 할 수 있는 게 우는 것뿐이라서 꺼이꺼이 울었다. 사랑하는 사람을 먼저 보낸 지각 있는 사람들이, 어째서 '죽어서'나 '다음 세상에' 따위의 말에 매달리는지 알 것 같았다. 부질없는 희망이라도 기댈 수 있다는 점에서 이미 그 효용이 충분하다. 깨어나 보니 울고 있었다. 꿈에서 가져온 것이 눈물뿐이라 얼마나 다행인지 몰랐다. 현실에서 죽지 않은 화자에게 톡을 보냈다.

"엄마가 죽는 꿈을 꿨어. 엉엉 울었어."

화자는 금방 답장을 보냈다.

"오래 살 모양이다. 꿈에서 죽으면 오래 산다는 해몽이 있다."

화자는 화자의 엄마를, 그러니까 외할머니를 화자 나이 마흔 즈음에 잃었다. 외할머니는 나를 키워주느라 지척에 살았고, 죽기 일주일 전까지도 쑥을 나눠주느라 집에 들릴 정도로 가까이 지냈다. 그때 나는 어려서 죽음을 실감하지 못했던 것 같다. 그리고 몇 년 후에 작은 삼촌 둘이 시간을 두고 죽었다.

지난달에는 큰 삼촌의 장례를 치렀다. 나도 빈소 바닥에 엎드려 절을 하는 것이 익숙해진 나이가 되었다. 화자가 장례식장에 먼저 가 있고, 나는 저녁이 되어서야 도착했다. 삼촌은 할머니와 달리 바닥까지 녹아 없어지는 초처럼 천천히 죽음을 맞았다. 가족들도 얼마간 삼촌을 보낼 준비를 했다. 나는 오래 못 본 삼촌보다, 사랑하는 사람을 자꾸 먼저 떠나보내는 화자가 염려되었다. 꿈에서처럼, 잊어야 겨우 살 수 있는 거라면 화자는 살기 위해 기억을 자꾸 떠나보내야 할 테니까. 그렇지만 기억이 없는 화자라는 게 어디까지 화자일 수 있는 걸까.

"우리 엄마 어떡해…"

내가 화자를 안자, 화자가 말했다.

"엄마는 괜찮아."

화자는 정말 괜찮아 보였다. 적어도 할머니나 다른 두 삼촌을 먼저 보낼 때보다는. 다만 몹시 지쳐보였다. 화자는 지치면 다른 나이 든 사람처럼 인상이 희미해진다. 지우개에 약하게 힘을 주어 살살 밀어버린 것처럼 색이 옅어진다.

장례식장이 집에서 멀지 않아, 나는 한밤에 화자를 태워 집으로 갔다. 집으로 가는 그 20분 남짓한 시간 동안,

큰 삼촌의 부재에 대해 이야기해야 하는지 아니면 큰 삼촌과 가장 거리가 먼 것에 대해 말해야 할지 고민했다. 화자의 망각을 지지해주고 싶었고, 여든이 넘어서 연애를 하는 친구 할머니의 이야기를 신명 나게 들려주었다. 둘이 손잡고 영화관에도 가고 팝콘도 먹는다는 이야기. 커플폰도 맞추고 기념일에 금반지도 선물 받았다는 이야기. 누군가의 사라짐과는 먼 이야기를 했다. 마무리에서 다시 시작되는 이야기를.

　다음날 장례식장에는 삼촌의 친구들이 왔다. 팬데믹 시대의 장례식에는 어딘가 모르게 쉬쉬하는 분위기가 있는데, 그들이 오자 시끌벅적해졌다. 처음에는 조용히 식사를 했지만 누군가 냉장고에서 소주를 꺼내오자 테이블에서 나는 소음이 완만하게 올라갔다. 서로의 안부를 나누다가, 옛날 이야기를 하다가, 갑자기 주식이나 부동산 혹은 코인 이야기를 하기도 했다. 그러다 재채기를 하는 것처럼 삼촌 이야기를 했고, 몇몇이 눈물을 찍었다. 그들의 소란한 이별에 내가 얼굴을 찡그리자 화자가 말했다.

　"장례식에 술 마시러 왔나."

　"뭐. 다 보내는 방식이 다른 거야."

과연 누군가에게 안녕하고 손을 흔드는 방식이 달랐던 것인지, 삼촌의 친구들은 발인과 화장, 길게 이어지는 수목장의 끝까지 술을 마시며 따라 왔다. 삼촌이 내내 손에서 놓지 않았던 술병이, 이젠 그들에게 들려 있었다. 그것이 추모인지 조소인지, 아니면 삶의 아이러니인지 알 수가 없었다.

발인하는 날은 화창했다. 오월의 햇살이 너무 화사해서 우리는 내내 눈을 찡그리고 있어야 했다. 아직 맹렬하게 초록이 되지 않은 나무 밑에서, 환한 빛을 피해 앉아 있는 검은 옷의 무리는 기이하게 보였다.

3일 동안 나는 여러 사람을 보았다. 빈소에서 곡을 하는 사람과 농담을 하는 사람, 육개장을 두 그릇 먹는 사람과 소주병만 앞에 둔 사람, 침묵하는 사람과 고스톱을 치는 사람. 눈물에도 순서가 있고, 애도에도 예의가 있는 것 같아 나는 얌전히 두 손을 모으고 있었다. 슬픔. 아직 그걸 누릴 수 있는 차례가 내게 오지 않은 것 같았다.

삼촌을 보내고 2주가 지나서야, 나는 3일 간의 밤에 대해 쓴다. 삼촌과 가까이 머물던 사람들은 아직도 그를 떠나보내는 중이겠지. 장례의 부산함은 남은 사람들이 정신을 놓지 않게 위함인 것 같고, 그래서 실은 산 자들의 잔치인지라, 결국 이별은 각자 해야만 하는 것 같다.

나는 이제야 혼자 칵테일을 앞에 두고, 삼촌에 대해 생각한다. 커다랗게 구부정한 어깨와 허정거리는 긴 팔에 대해. 삼촌이 그렇게 좋아하던 술에 대해. 장례식에서 할 수 없었던 짠을 마음으로 한다. 이것 역시 추모인지 조소인지 삶의 아이러니인지 생각하면서.

어떻게 계속
견뎌낼 수 있다는 말인지

✳

"사람 구실하고 사는 게 제일 어려운 일이야."

제기동 이모는 그렇게 말했다. 사람 구실이라니. 구실이란 '마땅히 해야 할 일'이니 사람 구실이란 '사람이라면 마땅히 해야 할 일'이다. 그런 미끄덩거리는 단어를 제대로 잡아낼 재간이 내겐 없다. 제가 먹을 밥을 제 손으로 짓고, 제가 누울 자리를 제 손으로 치우는 게 사람 구실일까? 아니다. 어쩌면 아빠 말대로 대가 끊기지 않게 자식을 하나 낳고, 선산의 주인인 사촌오빠와 친하게 지내는게 사람 구실일 수도 있다. 아니면 가까운 친구의 결혼식에 두툼한 봉투를 내미는 것? 장례식에 얼굴을 비추고 육개장 한 그릇씩 비우는 것?

"보험은 들어도 들어도 부족한 거야."

제기동 이모는 이어 그렇게 덧붙였다. 말만 이모지, 피 한 방울 섞이지 않은 이모의 전화를 받은 건 태어나서 처음이었고, 나는 처음 보는 번호가 제기동 이모의 것인지 파악하기까지 얼마의 시간이 걸렸다. 갑자기 살가워진 이모는 보험 영업을 시작했다고, 내게도 보험이 필요하다 힘주어 말했다. 이미 보험이 다섯 개나 있다고(이건 나의 유약한 심성을 반영한다) 답하자 이모는 보험은 많을수록 좋은 것이라 했다.

"영자네 알지? 영자가 보험을 해서 망정이지, 남편 그렇게 되었을 때 보험 하나 없었어봐. 지금까지 수영이 어떻게 키웠겠어? 여자 혼자서."

나는 남편도 없고 아이도 없다고 말하고 싶었지만 그건 이모에게 중요한 일이 아닌 것 같았다. 어쩌면 이모가 말한 사람 구실이란 보험을 들어주는 일일지도 모른다. 사람 구실과 보험 영업으로 이어지는 이 유려한 스토리를 보아라. 그러나 사회생활 10년 짬밥의 내가 아닌가! 닳고 닳은 나는 사람과 사람 사이의 거리 구하기 문제에 통달

했다. 이모는 시속 100km로 내게 달려오고, 나는 이모에게 시속 50km로 멀어질 때, 우리가 만나는 지점은… 이라는 문제에 나는 이런 답을 내놓았다.

"어떻게 들면 되는데요?"

이렇게 나는 보험이 여섯 개 있는 사람이 되었다.

사람 구실이라는 말은 상황이나 때에 따라 달라진다. 휘청거리는 나를 가누느라 벅찼던 스무 살부터, 삶의 무의미를 관리하는 데 익숙해진 서른다섯까지. 한때는 동아리 연습에 빠지지 않는 게 사람 구실을 하는 거였고, 또 다른 때는 담배를 많이 팔아 치우는 게(담배 회사에 다녔다) 사람 구실이었다. 그래도 변하지 않고 하고 싶었던 구실은 '술 한잔 사주는 사람이 되는 것'이었다. 술 사는 데 있어서만큼은 쩨쩨하게 굴고 싶지 않았다. 얇은 지갑을 털어가며 내게 술을 사주었던 사람들을 나는 지금도 기억한다.

그중 한 명은 소설가로 살고 있는 송리 씨다. 나보다 두 학번 위라서 그가 복학을 한 후에 우리는 종종 어울렸다. 사람들은 하얗고 말끔하게 생긴 그의 얼굴에 금방 호감을 가졌고, 어딘가 사회성이 결여된 듯한 그의 태도에 금방 돌아서곤 했다. 밥 한번 먹자는 흔한 말, 인사치레일 뿐 약속은 아닌 그 말을 부여잡고 '그럼 지금 바로 먹으러 가요'라고 말한다거나, 다들 짜장면으로 통일할 때 혼자 게 살볶음밥 같은 걸 시키는 사람이었다.

나는 언제나 적당한 온도로 끓고 있는 사람보다는 갑자기 뜨거워졌다 느닷없이 차가워지는 사람이, 거리를 자로 잰 듯 잘 유지하는 사람보다는 멀어졌다 가까워졌다를 반복하는 사람이 좋았다. 우리는 때때로 술을 같이 마셨다. 광장시장에서 커다란 부침개를 두 장에 오천 원에 사고, 과방에서 엠티 때 남은 소주와 맥주를 챙겨서 송리 씨네 자취방으로 갔다.

한번은 송리 씨가 대학로의 한 극단에서 조명 아르바이트를 하고 돈을 받았다. 송리 씨는 극단에서 일을 오래 했는데, 돈을 받는 경우는 드물었다. 기분이 좋았는지 술을 사주겠다며 바로 오라고 했다. 누가 술을 사주겠다며 바로 오라고 한 건 아주 드문 일이어서 나는 가장 괜찮은 옷을 골라 입고 술집으로 향했다. 그날 우리가 무슨 이야기를 했는지는 잘 기억이 나지 않는데, 송리 씨가 시켜 준 칵테일은 기억난다. 그건 코스모폴리탄이었다. 보드카 베이스에 트리플섹과 크랜베리 주스, 라임즙을 넣고 세이킹해서 만드는 칵테일이다.

"〈섹스 앤 더 시티〉에서 캐리가 자주 마시는 칵테일이잖아."

코스모폴리탄을 마시고 나는 어쩐지 좀 서울 사람이 된 것 같았다. 경기도 외곽의 변두리에서 서울에 대한 질시와 동경을 키우며 자란 터라 내가 진짜 서울 사람이 아니라는 콤플렉스를 가지고 있었는데, 코스모폴리탄의 맛은 정말이지 도시의 맛이었다(그게 무슨 맛인지 궁금하다면 한 잔 말아드리겠다). 송리 씨는 그날 술값을 다 내고, 택시비까지 쥐어서 나를 보냈다. 나는 그날을 오래 기억했다.

언니가 바에서 처음 술을 사줬던 날도 기억한다. 언니와 나는 여느 자매들이 그렇듯 십 대 내내 사이가 좋지 않았다. 체격이 더 큰 내가 언니를 들어 침대에 집어 던진 적도 있었고, 합기도 유단자인 언니의 한 발차기로(원래는 나를 겨냥한 거였다) 내 방 문이 움푹 들어간 적도 있었다. 그래도 언니 노릇은 간간히 하기를 좋아했다. 시장에 가서 처음 옷을 사본 것도, 맥도날드에서 햄버거를 먹어본 것도, 면세점에서 쇼핑을 해본 것도 언니 덕이었다. 아웃백에서 어떻게 시켜야 가장 적은 돈으로 괜찮게 먹을 수 있는지도, 바에서 칵테일을 시키는 법도 언니에게 배웠다. 언니가 영화관에서 아르바이트 한 돈으로 술값을 계산하는 동안 나는 뒤에 어정쩡하게 서서 언니를 기다렸다. 그 고맙고 미안하고 불편했던 마음도, 지금까지 기억이 난다.

어째서 밥 한 끼 사주는 사람보다 술 한잔 사주는 사람이 되고 싶을까. 술 없이는 살 수 있어도 밥 없이는 살 수 없는데. 그래도 한 끼는 띄어쓰고 한잔은 붙여 쓰지 않나. 밥은 어쩐지 고집스럽고 아등바등하고 고단한 것 같은데, 술은 아득하고 덜 여물고 충동적인 것 같아 그럴까.

오도카니 앉아 술과 함께 견디는 새벽이, 지긋지긋하게 희망적인 아침보다 그럴듯해서일까. 사람 구실이라는 말에는 어쩐지 막 지은 밥 냄새가 난다. 그렇지만 술 없이 어떻게 아침을 맞이한단 말인지. 어떻게 돌아서지 않고 계속 견뎌낼 수 있다는 말인지.

경험주의자의
소비

한 해를 마무리하며 지난해에 쓴 돈을 계산해보고 나는 깊은 절망에 빠졌다. 1년간 내가 나를 부양하며 쓴 돈은 아들 하나, 딸 하나 둔 화목한 가정의 소비라 해도 믿을 만큼 많았다.

'이 많은 돈을 내가 다 썼을 리 없는데? 누가 내 카드 훔쳐 썼나?'

쿵쿵거리는 심장을 부여잡고 모든 소비를 꼼꼼하게 검토해봤지만, 나만 놀라고 모두가 예상한 결말이 나올 뿐이었다. 그 돈은 모두 내가 쓴 돈이 맞았다.

'아니, 만 원 더하기 만 원 더하기 만 원인데. 왜 삼백만

원이 되어 있는 거지?'

눈으로 보고도 믿을 수 없다는 말은 이럴 때 쓰는 것이리라. 나는 엑셀의 함수를 믿을 수 없어서 서랍에서 오래된 계산기를 꺼내 들고 하나씩 내가 쓴 금액을 더 했다. 인간보다 천 배는 더 똑똑할 컴퓨터를 믿지 못하는 어리석은 나여. 결과는 뻔했다. 내가 쓴 돈이 맞았다.

'대체 어디다가 이렇게 돈을 쓴 거야?'

현실을 받아들인 나는 도대체 어디다 그렇게 돈을 퍼부었는지 살피기 시작했다. 옷에도 관심이 없고, 음식에도 별다른 흥미가 없는 나는 쇼핑비나 외식비 지출도 크지 않았다. 내 대부분의 지출은 무언가를 경험하는 데 쓰는 돈이었다. 칵테일을 마시고, 기타를 배우고, 연극을 보고, 여행을 가는 데 쓴 돈. 죽어서 돈은 이고갈 수 없어도 경험은 심장 속에 넣어갈 수 있다고 믿는 나는, 경험주의자로 사는데 돈을 부었다. 그래서 이 지독한 소유의 시대에 지갑을 여기저기서 펑펑 열어놓고서도 정작 집 안에 남는 물건이 없는 것이었다.

돈을 버는 것보다 돈을 쓰는 일이 더 낭만적인 것 같다. 무언가가 필요해서 사기보다 무언가에 담긴 낭만을 사기 때문일까. '비건 재킷을 입으면 내가 좀 더 의식 있는 사람으로 보이겠지?', '텀블러를 들고 다니면 환경을 생각하는 사람이 된 것 같아', '스타벅스에 갈 땐 역시 사과가 그려진 노트북이어야 디지털 노마드처럼 보일 것 같은데' 나의 소비는 효율과 절약의 원칙을 떠나 소망과 이미지의 세계로 간다. 바에 앉아 고독한 도시 여자 흉내를 내며 칵테일을 마시는 건, 칵테일이라는 알코올이 내게 주는 취기를 얻기 위해서도 있지만 그 시간을 즐기는 과장된 제스처를 취하기 위한 것도 있다.

취향을 얻기 위해 경험을 하고, 경험을 얻기 위해 지갑을 여는 건 내가 즐거운 마음으로 기꺼이 하는 일이다. 손에 남지도 않는 일을 위해 돈을 쓴다고 이모는 타박을 했지만, 고집스러운 경험주의자의 기를 꺾지는 못했다. 물건을 산다고 해서 내가 그 물건의 이미지처럼 변할 수 있는 건 아니지만, 경험은 나를 본질적으로 바꾸기 때문이다. 경험 소비여, 번영하라!

그러나 얼마 전 여의도에 새로 생긴 '더현대 서울'에 갔을 때, 나는 이 세계가 더 이상 경험과 물건을 구분하고 있지 않음을, 소비가 경험이 가진 고유의 성질마저 앗아가 버리려 하고 있음을 알 수 있었다.

더 현대는 현대백화점에서 우리나라에 없는 새로운 형태의 백화점이 될 거라 호언한 곳이다. 거대한 타원형의 구조는 한가로운 크루즈선을 떠올리게 만들었고, 새소리가 나오게 구현해 놓은 실내 공원은 인공 테마파크 같았다. 이곳은 물건을 사기 위한 백화점이라기보다 문화와 여가생활을 즐길 수 있는 거대한 놀이동산이었다.

그 힙하고 현대적인 광경을 보는 일은 즐거워야 마땅하건만, 나는 어쩐지 멋진 마술쇼에 숨겨진 트릭이 못마땅한 관객처럼 눈을 흘기게 되었다. 이 불편함은 뭐지? 불편함의 이유 중 하나는 그곳에 지나치게 '모든 것'이 있었기에 느껴지는 당황스러움이었다. 39년 전통의 리치몬드 과자점, 76년 동안 운영한 태극당, 서촌의 통인스윗을 비롯해 지역에서 내로라하는 맛집뿐 아니라 여행지에서만 만날 수 있었던 지역의 음식점들(춘천 감자빵, 전주의 풍년제과)까지 여의도의 한 공간에 모여 있는 모습은 모든 걸 그악스럽게 움켜쥔 손, 치어까지 긁어모으는 저인망 어선을 떠올리게 했다. 무엇 때문에 봇짐을 동여매고, 기차를 타고 멀리 떠난단 말인가? 이 놀이공원에서 돈을 쓰면 되는데 말이다.

다른 하나는 취미를 '행하는 것'에서 '쇼핑하는 것'으로 치환하는 데서 오는 불편함이었다. 당신이 누릴 수 있는 모든 취미가 '살 수 있음'의 객관식 보기로 제안되는 데서 오는 당혹감. 더현대는 '쇼핑하는 곳'이라는 정체성을 넘어 '문화를 누리는 곳'이나 '취미를 즐기는 공간'이었다. 이곳은 살롱문화를 캐치해 심야살롱을 열고, 매거진B의 편집숍을 열고 아마존고를 들였다. 와인을 테이스팅할 수 있는 공간이 따로 마련되어 있고, 카페에서는 커피 오마카세도 즐길 수 있다. 갤러리도 있고 시가가 전시된 숍도 있다.

황학동의 골목을 헤매며 찾았던 LP판과 빈티지 레코드판은 이미 이곳의 MD가 새로운 형태로 포장해 가격을 매겨 두었다. 부러 새로운 취미를 찾으러 멀리 떠날 필요가 있나? 동네의 작은 공방문을 두드리거나 지역의 커뮤니티를 찾을 필요가 있을까? 나른한 조명 아래 멋지게 반짝이는 취미를 '사기만' 하면 되는데?

이제는 무엇을 즐기든 그 끝이 쇼핑으로 이어지고 있다. 나의 취향이란 것은 인터넷 쇼핑에서 '구매'를 클릭한 후 선택할 수 있는 '추가 옵션' 정도에 지나지 않는다. 그럼에도 나는 기업에서 잘 전시한 취향 중 하나를 골라 나의 정체성으로 삼아야 하는 것이, 그 거대한 자본이 모든 사사로운 경험을 포섭해서 가격을 매기고 번호로 치환해두는 것이 무섭게 느껴졌다.

경험하는 것만이 진정 나의 것이 된다고 믿었다. 경험은 값이 꽤 나갔지만, 그래도 그만한 가치가 있다고 생각했다. 그렇지만 의외로 근사한 큐레이션을 갖춘 백화점의 서가에 서서, 나만 알고 있다고 생각했던 뮤지션의 음악이 LP로 제작되어 쇼핑센터에 전시된 것을 보면서, 나는 이렇게 회의할 수밖에 없다. 나의 경험은 정말 쇼핑이 아니었던가?

이러려고
사는 거지

✳

"네 할머니도 열네 살에 큰아들을 낳았잖아."

"할머니가 열네 살 전에 결혼을 했었어?"

"그랬지. 그땐 그런 일이 흔했어. 일제 강점기잖아."

"대체 몇 년도야. 그때가."

"모르지. 그 당시는 조금만 나이 먹으면 위안부로 끌려 가버렸어. 네 할머니는 그렇게 보내기 싫으니까 엄마 아버지가 빨리 시집을 보내버린 거야. 열 살이 많은 할아버지한테. 나이 차이가 그렇게 나는 것도 상관이 없었던 거야."

"선택권이 없었네."

창문 너머로 바다가 보이는 식탁에 앉아 엄마와 술을 마신다. 엄마는 옛날 이야기를 한다. 외할아버지가 돈을 많이 벌어서 자루에 돈을 싣고 다녔던 이야기, 미국에서 온 양주만 먹다 알코올중독에 걸린 이야기(내 피가 어디서 왔나 했지), 외할머니가 열아홉에 외할아버지와 약혼한 이야기, 엄마가 밭일하는 외할머니 곁에 붙어 온갖 풀에 얽힌 사연을 들었던 이야기.

오늘은 강릉 한달살이 10일째. 며칠 전 내린 눈이 아직 녹지 않아 거리와 지붕이 하얗다. 모래사장에도 눈이 내려서, 바닷길이 환하다. 추워야 오는 게 눈인데, 어째서 눈이 오는 장면은 이렇게 포근한 걸까. 창문 너머 바다는 고요하다. 이만한 사치가 또 어디 있나 싶다.

엄마와 옛날 이야기를 하면서 마시는 건 따뜻한 칵테일인 핫 버터드 럼이다. 바닐라향이 진한 돈파파 럼에 버터와 럼을 넣고 녹인 칵테일이다. 함께 들어간 설탕은 달달하고, 버터는 고소하고, 시나몬파우더는 향긋하다. 눈이 오는 날 따뜻하게 마시기 좋은 칵테일이다. 숙소에서 이 칵테일을 마시기 위해 나는 엄마의 타박을 뒤로 하고 집에서부터 럼과 버터를 챙겼다. 남대문시장 형제상회까지 가서 구한 술이다. 순간의 분위기를 위해 오랜 시간 어깨에 짐을 지어야 할 때도 있다.

'이러려고 사는 거지.'

지난달까지 나는 몹시 바빴다. 언제나 써야 할 원고가 쌓여 있었다. 사실 방구석에 쓰레기를 밀어 놓고 애써 눈을 돌릴 때처럼, 매일 해야 할 일을 미루느라 바빴다. 아침에 늦게 일어났으니 어쩔 수 없어. 지금은 점심을 먹어야 할 때잖아. 이 친구는 이 기회 아니면 보지 못하니까 일단은 만나자. 운동은 빠지면 안 되지. 일을 하지 않기 위한 온갖 핑계를 대며 마지막의 마지막까지 미루다가 밤 열한 시가 되면 울면서 책상에 앉았다. 마감은 오늘이지만, 담당자가 출근하기 전까지가 '맥락상의' 오늘이잖아. 지금은 11시, 담당자 출근 시간은 9시. 신에게는 아직 열 시간이 남아 있습니다!

그렇게 살았던 바쁜 시기가 지났다. 프리랜서로 산 지 벌써 7년. 나의 노동에도 어느 정도 리듬이 잡혔다. 보통 새해부터 따뜻해질 때까지는 일이 많지 않고, 매미가 울

때부터 바빠지기 시작해서 연말이 되면 울면서 글을 쓴다. 그러나 바쁨을 토로하기 위해 이 글을 쓰는 건 아니다. 바쁘지 않은 현대인은 없다. 스타벅스에 갈 때 사과가 그려진 노트북을 가져가지 않는 이가 없는 것처럼. 중요한 건 새해부터 따뜻해지기까지의 시간이다. 쉬는 시간이다. 누리는 시간이다. 향유하는 시간이다. 즐기는 시간이다.

이 석 달을 나는 중세 귀족의 영애처럼 산다. 말하자면 이런 식이다.

"어머, 늦잠을 잤네. 오늘의 스케줄은 뭐지? 연극 과외와 승마 수업이 있네. 후, 연극 대사를 다 외우지 못했는데 어쩌지? 오후엔 애프터눈티 약속이 있구나. 오늘은 머리를 손질하는 데 한 시간 정도 써야겠어."

이 기간 동안에는 일하지 않는다. 배우고 싶은 걸 배우고, 보고 싶었던 걸 보고, 만나고 싶었던 사람들을 만난다. 피아노로 즉흥환상곡을 연습하고, 씨네큐브에서 영화를 보고, 수요일 오후 4시 즈음에 러시아 아방가르드 미술을 보러 갤러리에 간다. 오늘처럼 오랜만에 엄마와 함께 긴 여행을 떠나기도 한다. 배불리 먹고 양껏 마시는 것만 제외하면 라마다 기간과 비슷하다고 하면 억지일까 (이슬람 신자들은 라마다 기간에는 일도 하지 않는다). 그렇게 영애로서의 삶을 누리다 보면 바쁘게 일하느라 잊었던 것들이 기억난다.

  언제나 지금 여기에 머무르고자 했던 마음, 어떠한 시간도 죽이려고 하지 않는 마음(킬링타임이라는 말이 싫다. 어째서 가장 귀한 걸 죽인단 말인지), 살면서 중요한 게 뭔지 자주 곱씹으려던 마음 같은 것들이다. 나스닥과 비트코인의 세계에서 한 걸음 물러나 허수경과 김경미 시인의 세계로 몸을 돌린다. 삼 개월 동안, 나는 영애처럼 산다.

  삼 개월 동안 논다는 건 한 해 연봉의 사 분의 일을 잘라먹는다는 뜻이다. 노는 걸 좋아한다고 해서 돈을 모르겠느냐. 내 볼에 와 닿던 돈 봉투의 뜨거움. 사랑하라고 사랑하라고 속삭이던 통장 잔고. 그럼에도 그렇게 노는 건 근본적으로는 내가 가난하기 때문이다. 나는 경제적으로 아주 평범한 집에서 자랐다. 대한민국 평균으로 따진다면 사실 하위 30% 정도에 속하지 않았을까 짐작한다. 그건 지금도 다르지 않다. 나는 내가 노동을 해야만 입에 밥을 밀어 넣을 수 있다는 것을, 오늘 놀면 내일 일해야 한다는 것을 잘 알고 있는 노동자다. 부모 세대보다 가난한 첫 세대인 우리는 매일 마시는 스타벅스 아메리카노 값을 100년 동안 아껴도 집 한 채를 마련할 수 없다는 것을 잘 안다.

우리의 끝없는 가난에 대해 친구들과 한껏 음주 토론을 벌일 때면, 십만 원짜리 적금을 드는 것보다 투표를 잘하는 게 더 가성비가 좋지 않겠느냐는 의견이 툭툭 나온다. 나는 텔레비전에서 일이억의 빚을 진 사내 이야기를 본 적이 있다. 사내는 편의점 아르바이트와 대리운전을 뛰며 하루에 3시간만 자고 계속 일했고, 마침내 그 빚을 다 갚았다. 그리고 그는 빚을 갚은 지 몇 년 되지 않아 병으로 죽었다. 그 이야기는 웬만한 공포영화보다 더 무서웠다. 노동 끝에 남는 것은 무엇인가. 코인으로 내 10년 연봉을 벌었다는 이야기를 들으면 근면의 미담에 침을 뱉고 싶어진다. 노동소득이 인정받지 못하는 사회는 사람들에게 패배감을 준다. 마라톤 중에 잠깐 서서, 스스로 묻는다. 나는 왜 뛰고 있지?

그렇게 잠깐 서 있는 시간에 나는 '영애의 삶'이라는 이름을 붙였다. 멍멍이같이 벌어 영애같이 쓴다. 몇 번이나 가격표를 확인할 만큼 비싼 자유에 값을 치른다. 내게는 그런 '선택권'이 있다. 그 시간을 누림으로써 나는 내게 그런 선택권이 있다는 사실을 잊지 않으려 한다. 위안부에 끌려가지 않기 위해 열세 살에 결혼해야 했던 할머니에게는 없었던 그 선택권이다. 여러 사람이 긴 투쟁 끝에 내 손에 쥐여준 권리다. 삼 개월 동안 조금씩 얇아지는 지갑을 다독이며, 바다를 본다. 핫 버터드 럼을 마신다. 이 시간이 지나면 '나는 오늘의 닭고기를 썹어야 하고 나는 오늘의 눈물을 삼켜야' 할 테니까. (최승자 시인의 시 〈그리하여 어느 날, 사랑이여〉에서 가져온 구절이다)

세 번째 잔.
당신의 작고 이상한 세계가
사라지지 않도록

헤어짐을 위한
마가리타

✳

'잘 가요, 낯섦' 페어웰 파티를 한 지도 벌써 두 해가 지났다. 나는 소파에 앉아서 이 글을 쓰는데, 낯섦 창가자리에 있던 이 소파에 앉을 때면 그때 생각이 난다. 소파 팔걸이에는 갑자기 낯섦에 들어 온 길고양이가 오줌을 누고 간 자국이 아직 남아 있다. 내 침대 협탁 위에 놓인 패브릭 조명엔 누군가 흘렸던 칵테일 자국이 희미하다. 키다리 선배에게 개업선물로 받았던 르누아르의 모작은 거실에 걸렸다.

가끔 그 소파에 앉아 그림을 바라본다. 물건에는 어쩌자고 이렇게 기억이 많이 담기는 건지. 나는 헤어진 연인이 보내고 편지를 태우던 사람의 마음도 알 것 같았고, 이제는 없는 남편의 체취가 날아갈까 방의 환기도 시키지 않고 사는 아내의 마음도 짐작할 수 있을 것 같았다. 하지만 태우지도, 간직하지도 못한 채로 어정쩡하게 머물러 있는 사람의 마음이야말로 가장 잘 알 것 같다.

"정말 낯섦 문 닫을 거예요?"

낯섦을 접는다고 했을 때 가장 먼저 충격을 표한 건 '낯섦의 책모임' 방에 있던 혜인이었다. 우리는 1주일이나 2주일에 한 번씩 낯섦에 모여 술을 마시며 책에 대한 이야기를 했다. 자신의 인생 책을 꼽고 그 책이 왜 인생 책이 되었는지 설명하기도 하고, 짝을 지어 서로에게 가장 잘 어울리는 책을 꼽아주기도 했다.

"그럼 우리는 어떡해!"

'어떻게'와 '어떡해'를 잘 구분하는 시간강사 에이는 '어떡해'를 강조함으로써, 그녀가 말하는 문장이 질문이 아니라 탄식임을 드러냈다.

"우리끼리라도 협동조합을 만들면 어떨까요?"

운동권 출신의 부모님을 둔 덕인지, 협동조합을 친근

하게 여기는 재민이는 유다의 배신 속에서도 희망을 찾으려는 종교인처럼 새로운 대안을 제시했다. 주인 대신 자주 바를 지키던, 화분 밑에 있는 열쇠를 찾아 주인보다 먼저 바를 열던 손님들은 슬픔의 5단계를 밟았다. 믿을 수 없어 하다가(거짓말이죠?), 분노하고(초롱 님이 우리에게 이럴 수는 없어!), 타협하고(협동조합이라도 만들자), 곧 우울에 빠졌다가(이제 난 어디로 가란 말이야), 수용했다. 수용의 단계까지 오기 위해서는 페어웰 파티를 해야 한다는 것에, 그것도 이비사 섬에라도 온 것처럼 1주일 내내 열리는 파티를 해야 한다는 것에 모두 동의했다.

만나는 것만큼이나 잘 헤어지는 것도 중요하다. 나도 우리의 이별이 이래서는 안 된다고 생각했다. 아무 일도 없었던 것처럼 하루아침에 문을 닫을 수는 없었다. 그건 안 될 말이다. 모든 이별에는 예의와 과정이 필요하다. 우리의 추억을 곱씹고, 잘 살라는 덕담을 건네고, 덕분에 그동안 행복하고 또 많이 괴로웠노라는 고백도 전해야 했다. 그게 사람이든, 장소든, 물건이든.

우리는 낯섦 문을 닫기 전 1주일에 걸쳐 페어웰 파티를 했다. 시그니처 칵테일은 마가리타. 마가리타는 세상을 먼저 떠난 연인의 이름을 따서, 이 칵테일을 처음 만든 바 텐더가 지은 이름이다. 아마 그는 데킬라에 라임주스를 부으면서, 손잡이가 가늘고 잔이 둥근 마가리타 잔에 소 금 리밍을 하면서, 레몬 가니시를 꽂으면서 그녀를 천천 히 보내주었을 것이다. 마가리타는 이제 세계적으로 유명 한 칵테일이 되었고 그도 충분히 애도의 시간을 가졌으니 이제는 그녀를 보내주지 않았을까. 그러니 이 칵테일만큼 페어웰 파티에 잘 어울리는 게 또 있을까?

페어웰 파티에 오는 손님들에게는 마가리타 한 잔과, 문 닫는 북바book-bar에서 남아도는 책을 한 권씩 쥐어주었 다. 이제는 낯섦의 가구와 물건들에게 작별을 고해야 할 시간이었다. 책이 쏙쏙 빠져나가고, 종내에는 가구도 조 금씩 빠져나가면서 페어웰 파티는 일주일간 진행되는 페 업 라이브 같은 모양이 되었다.

어제까지는 책장이 있었으나 오늘 오면 그 자리는 텅 비어 있었다. 그제는 턴테이블이, 어제는 책장이, 오늘은 화분과 테이블이 없어졌다. 조금씩 휑해지는 바에서 나 와 낯섦을 보내기 아쉬워하는 손님들은 함께 이별을 맞이

했다. 와인 한 병을 나누어 먹는 것처럼. 조금씩 줄어가는 술을 같이 바라보는 것처럼.

낯섦을 정리하면서 나는 바에 있던 물건들을 단골에게 나누어주었다. 바 주인보다 더 자주 바에 왔던 재민이에게는 커다란 3인용 소파를, 낯세권으로 이사를 왔다며 좋아하던 근우 작가에게는 자개장을 주었다. 새벽마다 바에 와서 대본을 고치던 정 피디는 잔돈 대신 파란색 트롤리를 가져갔다. 낯섦에서 새 앨범 뮤직비디오를 찍었던 백수는 싱어송라이터답게 시집을 가져갔다.

흥청망청 시끄러웠던 페어웰 파티가 끝난 후에 트롤리를 밀며 가던 정 피디의 모습이 기억이 난다. 고요한 새벽 거리에 트롤리 바퀴 소리가 달캉달캉 울렸다. 자기 몸보다 큰 자개장을 등에 업고 개미처럼 걷던 근우 작가를 보며 동네 할머니들이 한 마디씩 얹었던 생각을 하면 웃음이 난다. 그 물건들은 잘 있을까? 다들 잘 있을까?

제대로 헤어지는 일은 의외로 흔치 않다.

"그래, 언제 한번 보자."

"밥 한번 먹어야지."

"내가 술 한잔 살게."

시간 나면, 여유가 좀 생기면, 그런 말은 점점 바래지다 파도에 쓸려가는 모래처럼 사그라든다. 치맛자락을 쥐고 무릎을 굽혀 인사할 새도 없이 슬금슬금 무대 뒤로 천천히 뒷걸음치다가 페이드아웃 되어버리고 만다. 그래서일까. 라마다 기간을 끝낸 이슬람 신도처럼 한 주 내내 〈Hot Summer〉를 부르고, 〈어쩌다 마주친 그대〉에 맞춰 춤을 추다가 마가리타 한 잔 하고, 책을 나누었던 과정은 근사한 이별의 시간이었다. 관계는 시작보다 끝이 중요하다던데. 그런 면에서 우리는 꽤 성공한 셈이었다.

낯섦이 문을 닫은 지 벌써 3년이 다 되어간다. 손님들이 남긴 날적이, 필사한 시가 적힌 종이, 캐피어가 담겼던 병들, 책을 덮어 두던 천. 그런 것들은 아직 정리하지 못했다. 그건 작은 내 창고에 쌓여있다.

낯섦을 운영할 때, 웬만해서는 가지 않는 손님들 때문에 나는 새벽 2시가 되면 언제나 '이제는 우리가 헤어져야 할 시간'이 흘러나오는 노래를 틀고는 했다. 그 노래엔 놀라운 신비가 있다. 주섬주섬 사람들을 일어나게 하는 주문이다. '다음에 다시 만나요'가 두 번 반복되는 마지막 후렴구가 울릴 때면 다들 계산을 마치고 가방을 어깨에 둘렀다. 마지막 날, 마지막 선곡도 '이제는 우리가 헤어져야 할 시간'이었다.

그래요. 이제는 우리가 헤어져야 할 시간, 다음에 다시 만나요. 다음에 다시 만나요!

웃기지 않으면
웃지 말자

우리나라에서 여자로 사는 건 피곤한 일이다. 이런 문장은 너무 진부해서 솔직히 쓰고 싶지도 않다. 지루할 만큼 많이 말했고, 들었고, 만났다. 너무나도 당연한 이 문장을, 솔직히 말해 한숨이 나올 만큼 넌더리가 나는 말을 또 할 수밖에 없는 건, 그렇게 생각하지 않는 사람들이 여전히 많기 때문이다. 거의 모든 곳에서 볼 수 있는 성차별. 그게 자꾸만 없다고 하니, 나는 홀로 귀신을 보는 꼬마가 된 기분이다. 〈식스센스〉에 나오는 아이처럼 고백하고 싶어진다.

"제가 비밀 하나 알려드릴까요? 죽은 사람들이 보여요."

"꿈속에서?"

"아니, 깨어 있을 때."

숨 쉬듯 느껴지는 이 차별은 그럼 뭐란 말인가. 귀신인가?

바에 손님으로 가는 건 기분 좋은 일이다. 옷을 차려입고, 흥얼거리며 가고 싶은 바를 정하고, 오늘의 기분에 딱 맞는 칵테일을 고르는 일. 그러니 이제까지 가보지 않았던 바 문을 여는 것도 응당 설레야 하건만, 약간의 두려움도 있다. 많이 아는 삼촌, 가르쳐주려는 오빠가 있을까봐 그렇다. 어떤 바텐더는 남자 손님에게는 호스트가, 여자 손님에게는 선생님이 되고 싶어 한다.

며칠 전 홍대 연남동에 있는 바에 갔다. 바텐더가 칵테일로 무슨 상을 받은 곳이라고 했다. 예전에 내가 바를 하던 곳 근처에 있었다. 이제까지 왜 이곳을 몰랐을까, 괜찮으면 자주 가야지 생각하며 계단을 올랐다. 바는 아담하고 어둑했다. 바텐더 뒤의 백장에 가득한 위스키와 리큐르만 반짝거렸다. 잘 찾아왔다 싶었다. 그림을 잘 모르는 사람에게는 물감이 많은 화가가 근사해 보인다. 바에 가면 테이블보다는 역시 바텐더와 마주 보는 자리에 앉게 된다. 그가 칵테일을 만드는 리드미컬한 움직임을 보고 싶다. 지금의 기분과 가장 잘 어울리는 칵테일이 뭘까 고심하며 메뉴판을 뒤적거리는데 이 친절한 오빠가 다정하게 말을 걸었다.

"시골에서 왔어요?"

"네?"

"서울에 놀러 온 거 아니에요?"

지역도 아니고, 지방도 아니고, 시골에서 놀러 왔냐는 인사가 첫인사라니. 이게 소개팅이었으면 너는 이미 끝났어! 집에서 걸어왔다는 이야기는 하지 못하고, 나는 어색하게 웃으며 고개를 저었다. 괜찮아. 칵테일만 맛있으면 참을 수 있어. 그렇게 나를 달래며 무슨 칵테일이 지금 기분에 최선일까 고민하는 동안 다정한 삼촌이 또 말을 붙였다.

"칵테일 고르는 게 어렵죠?"

"아뇨. 뭘 마실까 고민하느라고."

"여자분들은 어려울 수 있어요."

"네…"

"미용실 가면 수다 떨고 그러잖아요? 미용실 왔다고

생각해요. 편하게."

미용실이라니! 그의 친절은 너무 구려서 그의 뒤에 가지런히 선 술병의 반짝거림조차 흐리게 만들었다. 어째서 정치적으로 올바르지 못한 말을 하는 사람들은 새로운 멘트를 개발하지 않는 걸까. 어찌하여 이다지도 구리단 말인가! 선생님 같은 바텐더는 시골에서 올라온 바가 어색한 소녀에게 계속 무언가를 가르치려고 시도했다. 바의 문화란 무엇인지, 칵테일 베이스는 어떻게 골라야 하는지. 버스에서 흘러나오는 광고를 들을 때처럼 흘려 들으며, 나는 스카치위스키에 베르무트와 레몬주스를 셰이킹한 홀인원을 시켰다. 차라리 맛이 없기를 기도하며.

내게 무언가를 가르쳐주려고 하는 남자들은 거의 모든 곳에, 언제나 있다. 바에도 예외는 아니라서 나는 혼자 술을 마실 때면 옆자리의 손님에게 저급한 농담을 듣기도 한다.

"바에 와서 여자 혼자 술 마시는 거, 말 걸어 달라는 거 아니에요?"

덕분에 나는 사소한 것을 다짐하며 산다. 웃기지 않으

면 웃지 말자. 공감하지 않으면 고개를 끄덕이지 말자. 쓸데없이 친절하지 말자. 세상에는 스스로를 친절한 오빠로 포지셔닝하는 이들만 있는 건 아닌지라, 나는 가끔 과격한 언어 폭력에 시달리기도 한다. '기분 나쁘게 듣지 말고'라는 말은 늘 기분이 나쁘고, '여자가'로 시작하는 말은 유쾌하지 않을 때가 많다. 그런 말을 들은 날이면 나는 집에 오는 버스에서 그 말을 어떻게 받아들여야 하는지 생각한다.

못 배운 사람들이 험악한 말을 내뱉는 것뿐이라고 치부해버리면 어떨까. 교양없는 사람들이, 생각하는 법을 익히지 못한 사람들이, 함께 사는 법을 고민하지 못한 사람들이 한 말이라고 싸잡아 던져 버린다면 어떨까. 당장 기분이 나아질까. 저들은 사악한 이들, 혹은 모자란 이들, 그러니 이 공정하고 혹은 현명한 내가 참아주는 거라고 주장한다면 어떨까.

이 세계를 그렇게만 이해할 수 없는 건 내가 세계에 대한 믿음을 저버리지 못하는 낭만주의자이기 때문도 아니고, 나를 혐오하는 인간까지도 끌어안을 수 있는 위인이기 때문도 아니다. 그들과 나를 나누고 가운데 가지런히

금을 긋는다고 해서 우리가 이 세계를 함께 살아가고 있다는 것이 달라지지는 않는다. 앞으로도 같이 살아나가야 한다는 건 변함없는 사실이다. 낯부끄럽지만 나는 여전히 인간에 대한 믿음이, 덧없게 느껴지지만 대화를 시도하려는 노력이, 유치하지만 사랑이, 세계를 바꿀 수 있을 거라 생각한다. 혐오에 혐오로 대응하는 건 너무 쉽고, 나는 쉽다는 이유로 생각하기를 멈추고 싶지는 않다.

　내가 시킨 홀인원은 정말 맛있었다. 탁월했다. 왜 상을 받았는지 알 것 같았다. 새콤쌉싸름한 홀인원을 나는 아껴 가며 마셨다. 다시는 이곳에 오지 않을 테니까. 이 맛있는 홀인원은 이걸로 마지막 잔이다. 칵테일이 아무리 맛있다고 한들, 나를 길가의 고양이 바라보듯 하는 사람과 마실 수는 없는 노릇이니.

보드카의
잃어버린 고향을 찾아서

"영화 〈리틀 포레스트〉 보셨어요? 그 영화 장르가 뭐인 것 같아요?"

"글쎄요. 드라마?"

"솔직히 전 판타지라고 생각해요."

"왜요?"

"우리에게는 언제든 돌아갈 수 있는 엄마집도, 류준열도, 배춧국을 해먹을 수 없는 재주도 없으니까요. 그러니까 고향이 없는 거죠."

지역에 착륙한(정착이라기보다는 착륙이라는 단어가 더 어울리리라) 청년들을 인터뷰하는 일 때문에, 여름 동안 나는 송해 선생님처럼 전국을 떠돌았다. 송해 선생님처럼 무대에 올라 각지의 산해진미를 맛보는 건 아니었고, 실은 다리를 절뚝이며 춘천, 강릉, 담양, 순창, 목포, 제주를 전전했다. 각 지역에서 연고도 없이, 혹은 핏줄의 뿌리를 단단히 잡고 그곳에 머무르는 청년들을 만났다. 은근슬쩍, 때로는 대놓고 그들의 통찰을 훔쳐 호주머니에 슬그머니 밀어 넣었다. 그중 청년들이 목포에 만든 '괜찮아마을'의 대표가 한 말은 아직도 내 주머니에 있다. 영화 〈리틀 포레스트〉는 판타지라고. 지금의 청년들에겐 돌아갈 '고향' 같은 건 없다고 말이다.

고향을 '태어난 곳' 정도로 정의하자면, 고향 없는 사람이 어디 있을까. 그렇지만 그런 정의는 뭐랄까. '결혼'을 '사랑하는 사람과 함께 사는 것' 정도로만 정의하는 것과 비슷하다(눈을 가늘게 뜨면 저 멀리 달려오는 시가, 처가, 예식, 제도가 보이리라) 직접적인 해석 뒤에 숨어 고개를 빼꼼 내미는 의미가 더 많다.

고향이라면 응당 어떤 푸근함과 추억, 그리움, 하다못해 첫사랑이라도 떠올라야 하는 것 아닌가. 수지나 류준

열은 없더라도, 정봉이라도 있어야 할 거 아닌가(정봉이에게 악의 없음). 서울에서 태어났지만 생의 8할을 남양주에서 보낸 내게는 남양주가 그런 고향이어야 하건만, 나는 그곳에 두고 온 그리움이 없다. 어쩌면 그건 내가 아직도 한 달에 두어 번 정도는 남양주에 가서 자고 오기 때문인지도 모른다. 기억이 추억이 되려면, 애틋함이 있어야 한다.

오랜만에 나리를 만나 칵테일을 마시면서 그런 이야기를 했다. 고향 이야기, 돌아갈 곳에 대한 이야기. 나리가 쓴 울진에 대한 에세이는 네이버 인문학 베스트셀러 자리를 얼마간 지키고 있었다. 그녀는 풍악을 울렸다.(정확히 말하자면 풍악을 울려라아아아아아~~라고 인스타에 올렸다) 울진은 나리의 고향은 아니었지만, 나리 엄마와 아빠의 고향이었고, 지금도 외할머니가 살고 있는 지역이다. 나리는 1년간 울진의 바다와 계곡, 오일장, 논밭, 골목길, 동네 곳곳을 떠돌았다. "나리 왔나?"라고 손녀를 반기는 그녀의 할머니와 1년을 살았다.

"고향도 아니면서 왜 1년이나 있었어?"

"그린란드에 다녀오고 나니까."

"아, 맞다. 너 그린란드 여행기도 썼지."

나리는 그린란드 여행 에세이도 썼다. 놀랍게도 그린란드 여행기를 쓴 건 나리가 국내 최초다. 국내 최초라 하니까 무슨 홈쇼핑 광고나 다단계 설명같아 웃기지만, 그녀의 다음 책 제목은 더 재밌다. 그녀가 쓴 미얀마 여행 에세이 제목은 『같이 걸을까 미얀 미얀 미얀마』다. 응? 미얀 미얀 미얀마…? 이 제목이 출판사에서 통과되었다고?

"응. 그린란드가 정말 멀잖아. 그렇게 멀리까지 다녀오고 나니까 이제 나랑 가장 가까운 곳에 가고 싶더라고."

나리는 그래서 울진에 갔다고 했다. 자전거를 타고 동네 구석구석을 누비면서 울진 주변을 잔뜩 여행했다고. 앞주머니에 할머니의 매직 워터 매실엑기스 탄 물 한 병을 넣고, 해가 꺾일 때까지 자전거 페달에 힘을 실었다고. 내가 보는 나리는 늘 어딘가 몹시 어른스럽고, 그러면서도 아이같은 아우라가 있었다. 그게 어떻게 만들어졌는지 궁금했는데, 어쩌면 나리가 이미 그 책을 통해서 그 이야기를 다 했는지도 모른다는 생각이 들었다. 울진과 그린란드 사이에서, 미얀 미얀 미얀마라고 외치면서.

우리는 보드카 베이스의 칵테일을 마셨다. 난 황동잔에 담긴 모스크뮬을, 나리에게는 갓마더를 추천했다. 갓파더는 위스키 베이스지만, 갓마더는 보드카 베이스로, 보드카에 아마레또를 섞은 독한 칵테일이다. 나는 보드카야말로 고향 없는 술이라는 이야기를 했다. 고향 없는 술이라 그런지 색도 없고, 향도 없다. 보드카는 11세기에 러시아 농부들이 추위를 잊기 위해 만들기 시작했다고 전해진다. 그렇지만 가장 유명한 보드카 브랜드인 앱솔루트는 스웨덴에서, 스미노프는 미국에서 만들어진다. 러시아혁명 시대에 러시아인들이 외국으로 망명하면서 전세계로 퍼졌기 때문이다.

"어떤 나라 보드카가 원조냐고 아직도 싸운대."

나는 여기저기서 주워 호주머니에 밀어 넣었던 지식을 꺼내며 거들먹거렸다.

"러시아랑 폴란드가 각자 자기가 원조라고 우긴대. EU에서 나서서 중재할 정도로."

"그래서 누가 원조로 밝혀졌는데?"

"웃긴 건, 그들이 싸우는 동안 프랑스에서 포도로 보드카를 만들기 시작했다는 거야. 원래는 감자로 만들거든."

결국 러시아와 폴란드는 자기네 나라에서 생산된 것

만 보드카라고 부를 수 있다고 주장했다. 공동의 적은 '우리'를 만드는 법. 지금은 프랑스에서 포도로 만든 보드카는 '포도로 만든'이라는 표기를 명기해야 한다.

"보드카의 고향은 러시아랑 폴란드, 두 곳으로 합의된 셈이네. 고향이 있네."

"보드카의 의견은 어떨지 알 수 없지."

나리가 태어난 곳은 울진이 아니지만, 그녀는 그곳을 일단 '돌아갈 곳'으로 정해둔 것 같았다. (참고로 이 책의 제목은 『내게도 돌아갈 곳이 생겼다』인데, 후보로는 '내게도 고향이 생겼다'가 있었다고 한다. 후자는 어쩐지 나이 지긋한 실향민의 눈물겨운 스토리 같아 채택되지 않았다고) 마음을 둘 곳이 있는 그녀가 문득 부러웠다. '돌아갈 곳'이 있으려면 '떠나온 곳'이 있어야 하는데, 나는 애초에 아무 곳에서도 떠나온 것 같지 않았다. 떠났다는 게 샘이 나는 것인지, 돌아갈 곳이 있다는 게 부러운 것인지 알 수가 없었다. 나는 도대체 어디로 떠나기는 한 것일까. 나라 잃은, 아니 고향 잃은 백성처럼 마시고 싶은 날이다.

취하지
않을 정도로 마시기

술병이 났다. 어제 침대에 누웠을 때 천장이 빙빙 돌더라니. 앞으로 닥칠 일을 생각하며 잠에 들었다. 일단 새벽에 일어나 한 번 토하고, 아침에 눈을 뜨면 두 손으로 잡고 일어나야 할 만큼 머리가 무겁겠지. 살면서 느는 거라곤 술을 조절하는 능력이 아니라 술병이 어떻게 날지 아는 예지력뿐인가.

신통방통하게도 나는 내가 예언했던 그대로, 새벽에 일어나 시원하게 속을 게워냈고, 아이고 아이고 곡소리를 내며 머리를 붙들었다. 몸이고 사람이고 망가졌을 때야만 존재감을 드러내는 걸까. 아픈 팔 여기 있어요! 간은 여기 있습니다! 내 몸 같지 않은 내 몸을 붙들고 꿀물을 타자, 엉뚱하게도 이런 생각이 들었다. 술병이란 사랑과 비슷한 구석이 있구먼.

"이 나이에 또 술병이 나다니!(이 나이에 또 사랑에 빠지다니!)"

"그렇게 술 때문에 고생을 하고도 또 술을 마시다니!(그렇게 사랑에 아파 놓고 또 사랑을 하다니!)"

"내가 다시 술을 마시면 사람이 아니다!(다시는 사랑 안 해. 워우워우예)"

그렇다! 우리는 안 한다고, 안 마신다고 하늘에 땅에 대고 맹세를 해놓고서는 또 술을 찾고 또 사랑에 빠져버리지 않나.

술병이 나지 않고 술을 잘 마시기 위해서, 즐기기 좋은 적당한 취기를 찾기 위해서, 그리고 그 기분 좋은 취기를 유지하기 위해 얼마만큼의 술을 어떻게 마셔야 하는 가에 대해서, 나는 오랜 연구(정말이지 이건 연구에 가까웠다)를 해왔다. 딱 한 잔만 더 마실까? 여기서 멈출까? 술병이 나 본 사람만이 자신의 주량이 얼마인가를 아는 법이다. 노래 가사처럼 사랑에 아파 본 사람만이 둘 사이의(혹은 여럿도 가능) 적당한 거리를 지킬 줄 아는 것처럼 말이다. 한 트럭의 남녀와 썸을, 봉고에 태울 만한 정도의 사람들과 연애를, 승용차 한 대에 태울만한 연인들과 함께 살아봤지만, 아직도 나는 둘 사이의 적당한 거리를 찾지 못해 허둥거린다.

사랑하는 사람과 오래 함께 하기 위해 어느 정도의 거리에 서야 하는가를 알아내는 일은 여전히 어렵다. 서로 얼마나 가깝게 다가가야 할지 몰라 조금씩 서로의 선을 넘는 일, 흠칫 놀라 다시 발을 뺐다가 살그머니 다시 가까이 가는 일을 반복하며 관계의 적정선을 찾는다.

이제는 주량을 잘 안다고 생각했는데, 어제는 어쩌다가 이렇게 도를 넘어서 마셔버렸다. 칵테일의 첫 잔은 달콤했고, 두 번째 잔은 진했고, 세 번째 잔에서는 기분이 좋았고, 네 번째 잔에서는 이유 없이 웃음이 났다. 아무래도 문제는 시킬까 말까 망설였던 다섯 번째 잔에 있었던 것 같다. 에잇, 까짓거 한 잔 더! 호기롭게 시킨 다섯 번째 잔은 당연히 거기서 끝나지 않았다. 여섯 번째 잔, 일곱 번째 잔. '발단-전개-위기-절정-결말'로 끝났어야 하는 칵테일은 '발단-전개-위기-절정-절정-절정-암전'이 되었다. 이 포스트모던한 칵테일 스토리라니.

사실 어제 주량을 넘어 술을 마시게 된 건 친구 A가 거의 5년 만에 달달한 연애 이야기를 들고 왔기 때문이었다. 그는 5년이 넘게 썸조차 없는 생활 속에서 청량하게 살아왔는데, 그런 그에게 누군가가 생긴 것이었다. 술자리에 모인 우리는 너무나 오랜만에 듣는 연애 이야기에 확확 달아올랐다.

결혼한 사람이 한 명, 식은 올리지 않았지만 7년째 같이 살고 있는 친구가 한 명, 연인과 1000일 넘게 만나고 있는 나. 우리 셋에게 이제 막 시작한 연애 이야기는 더운 날 누군가 내민 얼음 가득한 모히토 한 잔 같았다. 안정적이고 편안한 관계에 머무르는 우리에게 이제 막 시작한 연애 이야기는 귀끝이 찌릿찌릿하게 좋았다. 그 시원하고 달콤한 이야기를 어찌 듣지 않을 수 있겠나! 그의 고민은 자기가 느끼는 감정이 사랑인지, 우정인지, 그냥 호기심인지 모르겠다는 것이었다.

"그 사람이 나한테 사랑한다고 말하는데 나도 입을 다

물고 있기는 뭐해서 '나도'라고 말했거든. 근데 말하고 보니 진짜 '나도'인가 싶은 생각이 드는 거야. 내가 이 사람을 사랑하나? 아니면 그냥 편안한 건가?"

"그 사람 보면 키스하고 싶어?"

내가 냉큼 물었다.

"키스하고 싶지."

"그럼 사랑이지! 애야. 몸은 솔직하다. 키스하고 싶으면 된 거지!"

육체파인 내가 주장하자 7년째 한 사람과 동거하고 있는 B가 물었다.

"키스하고 싶은 게 어떻게 사랑이냐. 그 사람이랑 섹스한 후에 같이 잠들고 싶어? 아니면 벌떡 일어나 집에 오고 싶어?"

"같이 잠들고 싶지."

"그럼 사랑이지! 사랑은 공동수면욕이다."

B도 그가 하는 게 사랑이라 주장했다. 밤의 외출을 오랜만에 허락받았다며 칵테일을 맥주처럼 들이키던 기혼자 C는 물었다.

"혹시 그 사람이 가끔 불쌍해 보이냐?"

"그 사람이? 아니. 딱히. 왜?"

"불쌍해 보이면 끝난 거야. 그럼 진짜 사랑인 거야."

C의 주장에 의하면 그게 사랑인지 아닌지는 모르겠으나 아직 그가 '끝장인 건' 아니라고 했다. 끝장인 건 뭘까? 결혼이 완성된 사랑을 증명하는 건 아니지만, 제도 안으로 깊숙하게 들어간 그의 코멘트에는 오래 술을 마셔 온 주당의 향기가 흘렀다.

A가 흘리는 달달한 연애담을 한 방울씩 받아먹으며, 그의 연애담만큼이나 달고 진한 베일리스 밀크를 쪽쪽 빨아먹으며, 나는 술에 취하는 것과 사랑에 빠지는 것에 대해 생각했다. 그러다보니 괜히 감성적이 되어 한 잔을 더 시키고 말았다. 처음 연애를 할 때처럼, 감정에 취해 상대와의 거리두기를 할 줄 모르던 때처럼, 겁도 없이 뚜벅뚜벅 걸어가다 잔뜩 취했다. 지금은 이렇게 머리를 싸매고 후회하고 있지만, 나는 안다. 앞으로도 내가 종종 이렇게 취하지 않을 정도로 마시기에 실패할 것이고, 사랑에 빠지지 않기에도 실패할 것이라는 걸.

외로움의
맛

지난주에 구의 초대로 공연을 보러 갔다. 운동하는 여자들에 대해 책을 쓴 구는 내가 하는 팟캐스트에 온 게스트였다. 녹음을 하는 두 시간 동안 나는 구가 툭툭 던지는 농담에 자지러지게 웃다가 열이 오른 나머지 녹음을 멈추고 내복을 벗으러 가기도 했다. 웃음은 술처럼 사람을 취하게 하는 데가 있어서, 나는 구가 하는 축구 모임에 따라나서겠노라 함부로 약속을 했다.

취기에 하는 약속은 성사되기 어렵기 마련이지만, 구의 에너지는 축구 약속을 지키고 갑작스러운 공연까지 보러 가게 하기에 충분했다. 정신을 차리고 보니, 나는 구와 함께 홍대 벨로주 공연장에 앉아 있었다. 아티스트가 관람객의 사연을 읽고 그에 맞는 노래를 해주는 행사였다. 첫 사연은 엉뚱하게도 김밥에 관한 것이었다.

"저는 김밥을 좋아합니다. 그렇지만 맛있는 김밥집을 찾기가 어려워요. 제가 원하는 건 단촛물이 적당하게 든 김밥입니다. 시금치와 볶은 당근이 들어가면 좋고요."

뮤지션 빅베이비드라이버는 사연을 읽고, 김밥을 좋아하는 자신의 고양이에 대해 이야기했다. 보통 고양이들은 신맛을 싫어해서 단촛물이 든 김밥을 거들떠보지도 않는데, 순이는 김밥을 사 올 때마다 앞발을 휘저으며 저도 달라고 한다 했다.

"저희집 고양이 순이는 김밥을 좋아합니다. 집사 분들은 아시겠지만 고양이는 원래 김밥같은 거에는 관심이 없거든요. 그런데 순이는 제가 김밥을 먹으려고 할 때마다 자기도 달라고 앞발로 손짓을 해요. 이렇게. 사실 순이는 어릴 때 카센터 근처에서 살았어요. 근처에서 일하시는 분들이 김밥이나 짜장면 같은 걸 줬다고 하더라고요. 그때는 살아야 하니까 먹은 거죠. 그래서 그 맛을 기억하는 것 같아요."

어릴 때 카센터에서 먹던 김밥의 맛을 기억하는 고양이라니. 그래서 빅베이비드라이버의 따뜻하고 안전한 집에 살면서도 가끔 김밥을 찾는 고양이라니. 김밥은 순이에게 소울푸드일까. 순이의 이야기를 마치고 빅베이비드라이버는 〈Cat's Springtim, To Sunee〉를 불러 주었다.

"누가 부르지 않아도 다가오는 너처럼, 딴짓하는 듯해도 살며시 돌아온 봄."

순이에게 김밥이 있다면, 내게는 경양식 돈까스가 있다. 내가 어릴 때는 입학식이나 졸업식, 생일 같이 특별한 날이면 경양식집에 갔다. 거기 갈 때면 신었던 까만색 에나멜 구두의 딱딱한 촉감과, 좋은 곳에 간다는 느낌 때문에 어색하고 불편했던 마음이 기억난다. 나는 지금도 지나치게 좋은 호텔이나 레스토랑에 가면 급격히 말수가 준다. 그렇게 좋은 것은 어쩐지 내 몸에는 맞지 않는 것 같다. 나도 크고 반짝거리고 우아한 것을 익숙하게 즐기는 사람이 되면 좋겠지만, 우리가 삶에서 바꿀 수 없는 것 중엔 어린 시절도 있다.

엄마와 언니, 내가 자주 가던 돈까스집은 학교 앞에 있는 낙원돈까스였다. 문을 열면 손바닥만한 거북이 두 마리가 헤엄치는 큰 수조가 있었고, 칸막이가 쳐져 있는 테이블마다 알록달록한 스테인드글라스 조명이 걸려 있었다. 그 어둑한 조명 옆에는 가끔 내 꿈에도 나오는 무서운 여자의 그림이 걸려 있었는데, 나이가 들어 그게 모딜리아니의 그림이라는 걸 알게 되었을 땐 꽤 충격이었다(남들은 입 찢어진 여자 꿈을 꿀 때 난 모딜리아니 꿈을 꿨단 말이다). 아주 작게 잘린 당근 조각이 둥둥 떠다니던 밀가루 맛의 수프, 납작한 접시에 넓게 퍼져서 나오던 밥, 케요네즈가 뿌려진 양배추 더미와 단무지, 낯선 이국의 맛이 났던 후르츠 칵테일 같은 게 생각난다. 끝나고 후식으로 나왔던 사이다의 달달함도.

　나는 아직도 가끔 경양식 돈까스를 먹으러 간다. 30년째 같은 인테리어를 고수하는 이대의 '테라스'에 가서, 역시 30년째 돈까스를 튀기고 있는 주방장 아저씨와 인사를 하고, 갈색 소스가 듬뿍 부어진 돈까스를 칼질해서 먹는다. 멀건 수프도, 깨가 뿌려진 밥도 그대로다. 한때 미군 부대 앞에서 요리를 했다는 주방장 아저씨는 젊은 사람들이 돈까스를 먹으러 오면, 꼭 친히 테이블까지 나와 음식이 괜찮냐고 물어본다. 일급 호텔 주방장처럼.

"맛이 괜찮아요?"

"맛있어요!"

"내가 한때는 미군 부대 앞에서…"

우리는 무대에 오른 배우처럼 매번 같은 대사를 주고받고, 나는 그의 그런 진지한 포즈가 좋다. 물론 그곳의 돈까스는 맛있지만, 그보다 맛있는 돈까스가 없어서 테라스에 가는 건 아니다. 그때의 맛을 기억하러 가는 거다.

기억이 묻은 음식 중엔 멕시콜라도 있다. 데킬라에 콜라를 섞는 아주 간단한 레시피의 칵테일인데, 이걸 마실 때면 스물 두세살 때가 생각난다. 캐나다 토론토에서 혼자 1년 남짓 머물 때, 멕시코 친구들과 데킬라를 자주 마셨다. 파티는 도심에 있는 아파트 같은 데서 열릴 때도 있었지만, 차를 타고 조금 나가야 있는 교외에서 열릴 때가 더 많았다. 쿵짝거리는 음악과 마리화나 냄새, 정신없이 취해 있는 사람들 속에서 나는 데킬라에 콜라를 섞어 마시고 손등에 소금을 묻혀 핥았다. 지금도 멕시콜라를 마시면 그때가 생각난다. 설레고 외롭고 무서웠던 때. 엄마 아빠는 문자 그대로 지구 반대편에 있고, 나를 지켜주는 사람은 나뿐이라 생각했던 때.

멕시콜라를 마시면 외로워진다. 그리고 그냥 외로울 때도 멕시콜라가 떠오른다.

너무 자주 마시면 멕시콜라와 외로움 사이의 연결이 느슨해질까봐, 외로울 때마다 멕시콜라를 마시지는 않는다. 기억을 자꾸 꺼내 들여다보면 어쩐지 닳아버릴 것만 같다. 진짜, 진짜 외롭다고 생각할 때만 한 잔씩 마신다. 그러니 오늘은 마시지 말아야지. 진짜 외로울 때를 위해 아껴둬야지.

누구나 살면서
한 번은 선 밖으로 밀려난다

᎓

낮섦에 온 레즈비언 친구들은 아무래도 이 공간에 어떤 기운이 있는 것 같다고 했다. 낮섦에는 레즈비언 커플들이 자주 놀러 왔다. 게이더가 부족한 나는 그들이 그냥 친구인지, 썸을 타는 중인지, 아니면 연인인지 분간하기 어려워했지만, 자칭 뼈레즈인 광록이는 신당에 앉은 무당처럼 단호하게 말하곤 했다.

"레즈네."

"왜?"

"보면 알지."

헤테로의 눈에는 세상 사람들이 다 헤테로로 보이는 것

처럼, 레즈비언으로서의 정체성이 확고한 광록이 눈에는 바짝 다가앉은 여자 둘이 레즈비언으로 보였다. 사람들이 대부분 헤테로일 거라 믿어 의심치 않는 이와 광록이의 차이점이 있다면, 광록이가 여자인 지인에게 '남자친구는 뭐하는 사람이예요?'라고 묻지 않는다는 게 아닐까. 열에 한 명은 퀴어인 세상에서 상대의 연인이 이성일 것이라고 단정 짓지 않는 조심스러움은 귀했다. 물론 광록이는 거기서 늘 한발 더 나아가긴 했지만.

"걔네는 여자 둘이 산대?"

"응. 둘이 망원동 산대."

"설마 고양이 키워?"

"응. 키우던데."

대화가 여기까지 오면 광록이는 무릎을 치며 말했다.

"레즈네."

"망원동에서 고양이 키우면서 여자 둘이 살면 레즈야?"

네가 그렇게 되물으면 의심 많은 도마Thomas를 보는 신자의 눈빛으로, 광록이는 단호하게 말했다.

"그럼."

그런 농담을 공유하던 우리에게 책『여자 둘이 살고 있습니다』는 신선한 충격이었다. 여자 둘이 돈을 합쳐 집을 사고, 앞으로도 쭉 함께 살아가자는 약속을 해서가 아니었다. 그런 약속을 한 그들이 레즈비언이 아니었기 때문이었다. 아, 우리의 세계란 어찌도 이리 좁은지!

낯섦으로 번개를 하러 오는 레즈비언들을 보거나, 서로 손의 크기를 재보자며 소개팅 자리에서부터 꽁냥거리는 여자들을 보며, 나는 진지하게 낯섦을 레즈바로 바꿀까 생각하기도 했다. 1930년대 가장 핫했다던 레즈비언 바 르 모노클Le Monocle이 될 수 있지 않을까. 그 바에서 찍은 사진 속 언니들은 스우파에 나오는 언니들만큼 멋지던데.

홍대에는 여자들만 출입할 수 있는 숨겨진 바가 비교적 많았다. 네이버 지도에도 나오지 않고, 간판도 제대로 없는 바(모두 그렇진 않다)지만 막상 들어가면 탄성이 나올 만큼 근사할 때도 있었다. 내가 방문했던 바의 칵테일은 프레젠테이션이 화려했고 가니시도 다양했다. 상자를 열면 연기가 피어오르며 한 잔의 칵테일이 마법처럼 나올 때도 있었고, 장미 한 송이가 통으로 가니시 역할을 하고 있기도 했다. 모두를 위한 바도 필요하지만 소수자를 위한 바도 필요하다. 소수자에 대한 차별이 있는 한은 말이다.

최재천 교수는 동물에게도 동성애가 자연스럽다고 했다. 전체 개체 수의 10%가 동성애를 하고, 이성애만 있는 종은 찾아볼 수 없다고 한다. 하지만 동성을 사랑한다고 해서 차별하는 종은 인간뿐이다. 동성애는 받아들이고 말고 할 문제가 아니다. 우리가 아시아인임을 선택하지 않는 것처럼 아시아인임을 치료받아야 하지 않아야 하는 것처럼, 동성을 사랑하는 일도 마찬가지다. 코미디언 완다 사이키스Wanda sykes는 스탠딩코미디에서 이렇게 말한다.

"흑인인 것보다 게이인 게 더 힘들어. 왜냐면 내가 흑인인 걸 커밍아웃 할 필요는 없거든. 어버이날에 부모님 앉혀 놓고 '드릴 말씀이 있어요'라고 말하지 않는다는 거지."

그는 이어 부모님에게 '흑인임을 커밍아웃'하는 순간을 연기한다.

"엄마, 전... 사실 흑인이에요."

"뭐? 지금 뭐라고 했어? 세상에, 얘가 지금 뭐라고 한 거야?"

"난 그냥 흑인이라고요."

"하나님 아버지! 얘가 무슨 말을 하는 거니! 네가 흑인하고 어울려서 그런 거야!"

"아뇨, 친구들하고는 상관없어요. 전 그냥 흑인일 뿐이에요!"

"세상에, 내가 네게 뭘 잘못했니?"

흑인으로 태어난 것과 레즈비언으로 태어난 것을 바꿔 설명해보면 문제의 본질은 단순하고 명쾌하다. 그녀의 무대는 누구를 사랑할지 선택하는 일은 결심해서 되는 일도, 치료받는다고 할 수 있는 일도 아니라는 걸 보여준다.

'개인이 종교, 지역, 인종, 외모, 정치관, 사상에 따라 차별받지 않도록 하는' 차별금지법 제정이 또 미뤄졌다. 이라영 작가는 『환대받을 권리, 환대할 용기』에서 "두려움 없이 현재의 사랑에 충실한 인간만이 해방된 자라고 생각할 뿐이다. 스스로 해방되지 못한 자는 타인을 억압한다."라고 말했다. 가끔은 차별이란 스스로의 자긍심을 타인을 깎아내리는 데서 찾는 이들의 생존 전략이 아닐까 싶기도 하다. 그러나 그것을 그들 개개인의 인성 부족으로 폄하하기보다, 모든 관계를 계급화하고 서열화하는 사회의 탓도 클 것이다.

뽀이가 낯섬에 왔을 때, 그는 아이들을 가르치는 어려움에 대해 말했다.

"왕따 문제가 아직도 많거든. 그 사이를 중재하면서 내가 악역을 맡기도 하고."

"왕따를 시키는 애들은 노는 애들이야?"

"놀라운 게 뭔지 알아? 작년에 왕따를 당했던 애가 가해자라는 거야."

"왕따 당한 애가 다시 왕따를 시켜?"

"왕따를 시킴으로써 트라우마를 극복하는 것처럼 보여."

다른 친구를 왕따 시킴으로써 자신의 트라우마를 극복하는 아이는, 앞으로 어떤 삶을 살게 될까? 제압하지 않으면 제압당한다고, 세상은 강자와 약자가 있을 뿐이고, 혐오할 누군가를 만들고 손가락질하지 않으면 자신이 그

꼴이 될지 모른다고 생각하는 어른이 되면 어쩌지? 누군가에게 색을 입히고 너는 '우리'와 다르다고 발길질을 함으로써 자신의 지위를 확보하려는 사람이 되면 어쩌지?

소수를 혐오하고 탄압함으로써 연대하고, 자신의 지위를 공고히 하는 일은 세계 곳곳에서 일어나는 현상같다. 그러나 줄 세우기, 위아래 정하기, 주류와 비주류 가르기 등 세로로 계급을 만드는 일에는 우리나라도 빠지지 않는다. 만나면 나이로 서열을 정리하고, 직업과 연봉으로 상대를 내 위로 둘지 아래로 둘지 결정하고, '형님 동생' 사이 운운하며 테두리를 짓는다. 선을 긋는다.

그러나 누구나 살면서 한 번은 선 밖으로 밀려난다. 소수자가 된다. 래퍼 슬릭과 인터뷰를 했을 때, 그녀는 이렇게 말했다.

"살면서 누구도 소수자가 되지 않을 수는 없는 것 같아요. 일단 저는 여성이기 때문에 평생 소수자로 살아가야 되고요. 제가 살다가 장애를 얻으면 저는 장애인으로서의 소수자성을 가지게 되겠죠. 노인이 되면 노인으로서의 소수자성이 생기는 거고요. 누구도 소수자성에서 평생 자유로울 수는 없어요."

누구나 살면서 한 번은 소수자가 되는 사회, 소수자가 되지 않기 위해 부단히 노력하는 것보다 소수자를 차별하지 않는 것이 모두를 위해 좋은 선택이다.

소수자라고 해서 차별받지 않는 사회가 온다면, 레즈 바가 은밀히 숨어 있을 필요도 없으리라. 그때는 내가 레즈 바를 할지, 모두를 환대하는 바를 할지 굳이 고민하지 않아도 될 것 같다. 그날이 오면. 노인이자, 여자로서 소수자성을 고루 갖출 내가 바를 열 날이 온다면. 아아, 나는 삼각산과 함께 더덩실 춤이라도 추겠다.

대체 연애는
언제 졸업하는 거지

　자가격리를 하는 동안 영화와 드라마를 실컷 봤다. 오랫동안 아껴왔던 〈웨스트월드〉를 시즌3까지 몰아보고, 크쥐시토프 키에슬로프스키(이 이름을 틀리지 않고 발음할 날이 올까?)의 세 가지 색 시리즈 블루, 화이트, 레드를 연달아 봤다.

　어떤 영화는 보고 나서 단순히 내가 이 영화를 봤다는 이유만으로, 그 소설을 읽었다는 이유만으로 삶이 살 만하다는 생각이 든다. 내가 죽을 때까지 오로지 소비자로만 남을 거라는 생각을 하면 안 그래도 덧없는 내 삶이 끝도 없이 하찮게 느껴지지만, 압도적으로 수려한 책의 마지막 장을 덮을 때면 침통하게 무릎을 꿇게 된다. 그래, 네가 이겼다. 멈춰라 순간이여, 너는 참 아름답구나!

그런 즐거운 수모 끝에는 뭉툭한 아쉬움이 남는다. 나를 깃털처럼 가볍게 끌어 올렸다가 지하의 술통 속으로 느닷없이 처박는 이야기의 끝이, 어이없게도 주로 사랑이기 때문이다. 인류의 종말도 사랑이 막고, AI의 반란도 사랑이 해결하고, 세기의 스파이도 사랑 앞에 자백한다.

"끔찍한 인류는 망해버려야 해요! 아니야, 그렇지만 우리에겐 사랑이 있잖아!"

"기계가 인간보다 우수하다고! 그렇지만 인간은 사랑을 할 수 있잖아요!"

사랑은 데우스 엑스 마키나처럼 얼렁뚱땅 극을 마무리시킨다. 사랑, 사랑, 사랑! 90년대 댄스가요 속 가사처럼 외치고 싶다. 대체 사랑이 뭐길래 이래!

물론 사랑과 삶 전반에 냉소적인 태도를 보이는 미성숙한 어른이 되고 싶지는 않다. 그런 작위적인 태도에는 어딘가 우스꽝스러운 데가 있다. 밤거리를 오토바이 타고 달리는 사랑에 실패한 드라마 주인공을 닮았달까. 그럼에도 어쩐지 세계를 전복시키는 대서사시의 끝이 사랑에

가 닿으면, 한 시간 이십 분을 기다려 쉑쉑버거를 받았을 때처럼 김이 빠진다. 뭐야. 이건 그냥 햄버거잖아. 뭐 대단한 이야기인줄 알았더니. 또 사랑이라고?

막장드라마를 실컷 욕하면서 〈사랑과 전쟁〉 재방송을 보는 우리 엄마처럼, 나도 사랑 이야기라면 이제 지긋지긋하다고 토로하면서도 사랑에 대해 자주 생각한다. 주로 누군가에게 흠뻑 빠져있을 때 그렇다(그리고 나는 거의 언제나 연애 중이다).

얼마나 사랑하냐는 것이 상대를 위해 어디까지 내 삶을 떼어줄 수 있을까에 의해 측정되는 건 아니지만, 나는 상상 속에서 자주 저울질을 한다. 부질없는 질문은 질긴 나무껍질처럼 이어진다. 이런 저울질은 연인과의 즐거운 놀이가 되기도 한다.

"내가 사고로 움직이지 못한다고 해도 나랑 계속 살 거야?"

"전쟁이 나서 먹을 게 초코파이 하나밖에 안 남으면 나랑 나눠 먹을 거야?"

"우리가 나중에 얼굴에 검버섯이 피고 입을 열 때마다 악취가 나도 우리는 서로를 계속 사랑하고 있을까?"

이런 놀이를 한다고 하면 친구들은 내가 애인과 알콩달콩한 애정표현을 한다고 생각하지만, 로맨스 영화도 닭살 돋아서 잘 못 보는 내가 그럴 리가. ENTJ인 나와 INTJ인 애인은 만나서 진지하게 각각의 상황에 대해 토론한다.

"어디까지 움직이지 못하는 건데? 얼굴은 움직일 수 있는 거야?".

"초코파이 먹으면 냄새 나서 어차피 다 티날 것 같애. 들키고 기분 상하느니 역시 나눠 먹는 게 좋지 않을까?"

"너도 검버섯 피고, 나도 검버섯 피면 우리는 어차피 다른 사람도 못 만나!"

반면, 혼자 할 수밖에 없는 저울질도 있다. 저울에는 우리 각자의 사랑도 올라간다. 나는 사랑에도 정치와 권력이 작용한다고 믿는 사람이다. 그것이 사랑을 덜 낭만적으로 만든다고 생각하지 않는다. 다만 내가 사랑의 권력을 이용해 치사하게 굴지는 않았을까? 우리가 싸울 때 내가 했던 그 말은 내가 '덜 사랑하는 자'의 위치에 있었을 때도 할 수 있는 말이었을까?

"사랑한다면 서로가 서로에게 얼마나 썼는지 계산기

두드리고 있지는 않겠지?"

"네가 내 용돈을 받아서 생활하는 상황에서도, 우리 사랑이 평등할 수 있을까?"

"우리가 지독하게 가난했어도, 우리는 지금과 같은 감정일까?"

사랑에 대해 그렇게 많은 사람이, 그렇게 많은 방식으로, 그렇게 여러 번 이야기했는데도 여전히 재미있는 걸 보니 모든 영화나 소설이 사랑으로 마무리되는 것도 조금은 이해가 된다.

칵테일에 얽힌 사랑 이야기도 참 많다. 키스 오브 파이어는 잔 테두리에 설탕을 리밍해 첫 맛은 달콤하지만 끝맛은 쌉쌀하다. 보드카와 진, 드라이 베르무스까지 들어간 독한 칵테일이다. 그런 맛의 과정이 사랑을 닮았다나. 그리고 어쩐 일인지 야한 이름도 많다. 섹스 온 더 비치, 퀵펵, 블로우잡 같은 칵테일. 칵테일에 담긴 이야기가 진한 러브스토리인 경우도 있다. 데킬라 베이스로 만드는 상큼한 칵테일 마가리타는 죽은 연인의 이름을 따서 만든 칵테일이라고 한다. (구체적으로 말하자면 1949년 바텐더 존 듀레서가 바텐딩 대회에서 3위로 입상한 레시피다) 우리는 누군가 기억하는 순간까지만 사는 거라고 하던데, 마가리타는 참 오래도 살고 있는 셈이다.

내 나이 서른다섯. 첫 연애를 한 게 열다섯이니 거의 20년 넘게 사랑 운운하며 지내고 있는 셈이다(중딩 때 한 건 사랑이 아니라고 주장하고 싶은데 굴욕적이게도 러브장의 기억이 남아 있다). 이젠 사랑같은 건 졸업하고, 부와 성공을 향한 어른의 세계로 가고 싶은데 나는 아직도 연애와 사랑의 세계에서 떠돈다. 해리포터에 나오는 모우닝 머틀처럼 모두가 졸업을 한 후에도 학교를 떠돈다.

그러니 어쩌면 내가 언젠가 소설을 쓰게 된다고 하더라도, 내 소설의 끝도 많은 대작이 그렇듯 사랑으로 끝나버리겠지. "그리하여, 사랑이 모두 해결하였다!"로 끝날지도 모르겠다. 그럼 독자들은 "대체 사랑이 뭐길래!"라고 소리치며 밤거리를 내달리게 되려나.

내가 술을 끊으면,
지구는 누가 지키지?

✳

의사가 비장하게 말한다.

"술을, 끊으셔야 합니다."

놀란 여자가 되묻는다.

"술을요?"

의사가 고개를 끄덕이자 여자는 속으로 이렇게 외친다.

'그럼 지구는 누가 지키지?'

드라마 〈술꾼도시여자들〉에 나오는 장면이다. 그걸 보며 나는 이렇게 외쳤다. 저거 나도 한 생각이야! 내가 꿈에서 본 거라고! 지구는, 누가 지키냐고!

술을 끊으라는 이야기를 들은 게 물론 처음은 아니다. 위염은 만성위염이, 그리고 만성위축성위염이, 그리고 장상피화생이 되었다. 급성위염으로 새벽에 세브란스에 실려 간 게 올 해만 두 번. 끊어야 할 건 술뿐만이 아니었다. 술, 커피, 야식, 먹고 바로 눕기, 자기 전에 먹기, 불규칙하게 먹기, 새벽에 자고 늦게 일어나기. 안주 없이 술만 먹기. 술 종류 섞어 먹기.

응급실 천장이 익숙해질까 말까 간당간당할 때, 접수처 간호 선생님이 나를 알아보고 알은 체를 했을 때, 나는 결심했다! 술은, 진짜 못 끊겠다. 그리고 분연하게 일어나 외쳤다. 대신 운동을 하겠다!

말이 나왔으니 말인데 사실 안 그래도 여자들을 위한 운동의 시대가 도래한 것 같았다. 〈골때리는 그녀들〉은 웃으라고 만든 예능이지만 나는 오나미가 다치는 걸 보며 울먹였고, 『내일은 체력왕』의 강소희 작가가 망원유수지에서 농구공을 튀기는 걸 읽으며 엉덩이를 들썩거렸다. 학교 다니던 때 정해진 자리라도 되는 양 그늘 밑을 지켰던 세월이여 안녕. 통장 잔고만큼이나 앙상한 근육이여 안녕. 빼앗긴 운동장에도 봄은 오는가! 마침 인스타가

#바디프로필 #운동하는여자 해시태그로 달궈지고 있었다는 점도 나의 운동 결심에 한몫을 했다.

그때 누가 나의 눈빛을 봤다면, 한여름에 기자들이 그러하듯 그 위에 계란을 톡 하고 터뜨렸을지도 모른다. 그럼 짜란하고 맛있는 계란후라이가 완성되었을 테니까. 그만큼 운동을 하고 싶다는 마음이 뜨거웠다. 결심이 서자마자 나는 여성 농구단에 가입했다. 대형마트에 가서 농구공을 좋은 놈으로 고르고, 그럴싸한 농구화도 하나 장만했다. 농구공이 수박이라도 되는 양 통통 두드리며 소리를 듣는 나를 보며, 판매하시는 아주머니는 물었다.

"그렇게 두드리면 뭘 알아요?"

나는 뭘 좀 아는 애처럼 그녀를 향해 씨익 웃어보였다. 농구공을 옆에 끼고 웃으면 이런 것조차 멋있어 보이는구나 하면서 (그거 아니야!). 농구공을 옆에 끼고 첫 농구 수업을 갈 때, 이미 내 어깨는 활짝 펴 있었다.

여성 농구단의 코치님들은 엄격하면서 다정했고, 나같이 열정만 많고 몸을 쓸 줄 모르는 풋내기들을 가르치는 솜씨가 예사롭지 않았다. 일주일에 한 번, 농구장에 가서 선생님들과 연습을 했고 다른 풋내기들과 함께 반칙과

몸싸움이 난무하는 시합을 했다. 그것 가지고는 성에 차지 않았던 나는, 소음에서 자유롭다는 집의 특성을 살려 거실에서 마음껏 드리블 연습을 했다. 오른쪽 오백 번, 왼쪽 오백 번. 뿐이랴. 주말이면 싫다는 애인을 데리고 망원 유수지에 가서 레이업 연습만 세 시간. 그랬다. 나는 시작 천재였다.

그렇게 뜨거운 코트를 가르며~ 너에게 가고 있어~를 외친 지 몇 달, 나는 오른쪽 팔에 통증을 느끼며 잠에서 깼다. 의사는 말했다.

"팔에 염증이 생겼어요."

그 말과 함께 언뜻 천둥소리를 들은 것도 같았다.

"갑자기 무리하게 팔을 쓰면 염증이 재발할 겁니다."

"그럼 농구는요?"

의사는 고개를 절래절래 흔들었고, 듬직한 풍채에 안경 때문에 어딘가 슬램덩크의 안 선생님을 닮은 그 의사 앞에 난 무릎을 꿇고 싶었다.

"선생님… 농구가… 하고 싶어요…"

내 짧은 농구 인생은 그렇게 갔다. 아아, 굳은 맹세는 차디찬 티끌이 되어서 한숨의 미풍에 날아가버렸다! 나는 얼마 쓰지 않아 채 닳지도 못한 농구화와, 여전히 잘 익은 수박 마냥 찰진 소리를 내는 농구공을 창고에 넣으며 울먹거렸다. 조금만 참아. 언니가 근육왕이 되어서 다시 꺼내줄게!

솔직히 술을 열심히 마시겠다는 생각만 없었으면 그 첫 번째 실패에서 나는 다시 일어나고 싶지 않았을 것이다. 달리기를 하다가도 중간에 넘어지면 그냥 넘어진 김에 쉬어가는 게 나였으니까. 그러나 술을 조금이라도 마실 체력이 되려면 역시 운동을 해야 할 것 같았다. 머릿속에 떠다니는 나의 진토닉, 갓파더, 코스모폴리탄이여.

두 번째로 선택한 운동은 클라이밍이었다. 레이업 연습에 따라가지 않아도 되어서인지, 은근 나의 농구 중단을 반기던 애인은 클라이밍이라는 단어에 눈을 질끈 감았다.

"도쿄올림픽부터 클라이밍이 정식 종목으로 채택된다지 뭐야? 또 영화 〈엑시트〉 보니까 클라이밍이 위급상황에 지인짜 중요한 운동이더라고!"

김자인 선수의 그 암벽 같은 뒷태, 서채현 선수의 춤추는 듯한 몸놀림! 저거면 충분하지. 저게 여자의 운동이지!

　서울시산악문화체험센터의 1기 수강생 모집이 열렸고, 평일 오전이 가장 자유로웠던 나, 프리랜서는 홀랑 수업을 등록했다. 일주일에 두 번씩. 나는 아침마다 암장에 와서 스트레칭을 하고, 벽을 탔다. 매달리고, 기다리고, 다시 매달리고, 다시 기다렸다. 새로 생긴 센터의 홀드는 너무 새 것이어서 매달릴 때마다 손바닥이 까졌다. 붕대를 감아도 한 시간 매달리고 나면 붕대가 너덜너덜해졌다. 그건 새로 기타를 배우며 손가락 끝에 굳은살이 박힐 때와의 쾌감과도 비슷했다. 아프지만, 뿌듯해!

　그렇게 클라이밍을 한 지 4개월. 등에 슬슬 근육이 붙기 시작하는 게 느껴졌다. 누가 볼 새라 화장실 문을 잠그고 거울 앞에서 온갖 몸을 잡아가며 등 근육을 관찰했다. 이거, 진짜 붙은 것 같은데? 신나는 김에 클라이밍화 사이즈도 하나 줄였다. 살짝 아프지만 견딜 수 있을 것 같았다. 이때부터는 슬슬 지구력뿐 아니라 볼더링도 도전했다. 주말이면 다른 암장에 가서 새로운 퀴즈를 풀어보는 데 재미가 붙었다.

누가 그랬더라. 그래, 사무실에는 안 붙어 있고 주차장에서 애지중지 차를 닦던 부장님이 그러셨지.

"차 사고는 초보 때는 안 난다. 지가 좀 잘 한다고 생각할 때 나지."

그 말이 왜 지금 와서 생각날까. 새로 생긴 암장에서 제법 어려운 문제를 풀어보겠다고 나선 나는, 볼더링 중에 삐끗 떨어졌다. 정말 잠깐 삐끗한 것 뿐인데, 연골판 파열이라니요? 재생이 되지 않는다니요? 이게 실화인가요?

죽음의 5단계라 하던가. 부정-분노-협상-우울-수용. 제일 처음 나는 "이게 진짜일 리 없어~"를 부르다, "이런 돌팔이 의사들!"을 외쳤고, 곧 재검사를 위해 두 개의 병원을 더 찾았다. 오른쪽 무릎의 연골판이 찢어졌고, 재생이 되지 않는 부위라 절개해야 했으며, 절개 외에 별다른 치료 방법은 없었다. 나이 서른다섯에 나는 연골판을 잃어버린 것이다. 연골판을 잃고 나는 쓰네. 잘가라. 짧았던 운동의 즐거움들아. 잘 있거라. 더 이상 내 것이 아닌 연골들아. 나 이제 더듬거리며 문을 잠그네.

그렇게 운동의 문은 진짜 잠겼다. 연골판 파열로 다리를 절뚝거리다보니 운동은 언감생심, 계단도 오르내리기 힘들었다.

"괜찮아. 다리 없어도 술 마실 수 있어."

나의 술친구는 그렇게 말했지만, 아니었다. 수술하고 나서는 술도 2주간 금지였으니까. 연초에 계란을 부쳐도 될만큼 뜨거웠던 나의 열정은 차갑게 식어 이제는 냉동 팩으로 활용해도 될 지경이었다.

한 해 동안 운동은 연애처럼 나를 뜨겁게 달궜다가 다시 차갑게 얼려 놓았다. 농구 3개월 만에 팔에 염증난 여자 있으면 나와 보라 그래! 클라이밍 5개월 만에 연골판 잃어본 여자 있으면 나와보라 그래! 아니 애초에 술 마시려고 운동하는 여자… 아, 이건 많겠구나. 시작 천재답게 시작하자마자 열을 올렸던 게 문제였다. 열정만 과하다고 다 되는 게 아닌 것을. 나의 지나친 열정으로 나는 얼마간 건강을 잃었다. 몸을 탄탄하게 하기에 앞서서 내게 필요한 건 마음 다스림이었다.

지난주, 나는 드디어 도수치료와 필라테스를 병행하는 재활운동을 시작했다. 한 달만에 필라테스의 달인이 되어 공중그네에서 춤을 추리라는 헛된 상상은 고이 접어 두고 아주 천천히 조금씩 조금씩 무릎에 무리가 가지 않는 선에서 운동을 하기로 했다. 열정을 내려놓기 위해서 나는 문자 그대로 내 몸의 일부를 내어 놓아야 했다. 어딘가에 있을 나의 연골판의 희생을 헛되게 하지 않기 위해서, 나는 차근차근 운동을 할 예정이다. 그렇게 한 걸음 한 걸음씩 걷다 보면, 언젠가 술을 마음껏 마실 수 있는 날이 오겠지.

나의 핑크빛 위와 함께 건강하게 술을 즐길 수 있는 날이 오겠지. 아아, 그날이 오면. 그날이 오면. 칵테일 오마카세로 일곱 잔을 연달아 들이켜고 더덩실춤이라도 추는 날이.

운명에게도
이유는 있다

※

술친구는 친구가 아니라고 누가 그랬을까? 술을 마셔야만 만날 수 있는 친구는 친구가 아니라고, 실은 술을 친구로 삼고 있을 뿐이라고 말한 건 누구였을까? 그게 누구든 그 사람은 친구에 대해 꽤 엄격한 기준을 가지고 있는 것 같다. 억하심정으로 좀 더 호도하자면, '남녀 사이에 친구가 어딨어!'라고 말한 사람도 그 사람일 것 같다. 십 년지기이자, 남자인, 무엇보다 나보다 스물 다섯이나 나이가 많은 술친구가 있는 나는 '아닌데? 아닌데에? 술친구 있는데에?'라고 얄밉게 쏘아붙이고 싶다. (뒤로 갈수록 어미를 길게 빼는 것이 얄미움의 포인트다)

그 술친구는 회장님이다. 하도 여기저기서 회장직을 맡는 게 많아 나는 그를 '위대하신 회장님'이라고 저장해 두었다. 지난주에는 그를 만나서 오랜만에 술을 마셨다. 위드 코로나가 되어서인지 종로 거리마다 사람이 맥주 거품처럼 넘쳐흘렀다. 오뎅탕에 청하를 마시고 싶은 날이라 나는 그를 데리고 술집 문을 여럿 기웃거렸고, 겨우 종로의 참새집에 자리를 잡았다. 빨간 간판에 하얀 글씨로 커다랗게 '정종. 대포'라고 쓰여져 있는 게 전부인 그 집 앞엔 '외길 30년'이라는 문구가 붙어 있다. 높은 층고를 절반으로 잘라 이층으로 쓰는 그 집에서, 신발을 벗고 방석에 아빠다리를 하고 앉으면 청하 반 병 정도는 안주 없이도 원샷할 수 있을 것 같은 기분이 든다. 매지도 않은 넥타이를 흔들어 빼며, '이모, 여기 이슬이 하나요!'라고 소리쳐야만 할 것 같다.

"다리 다쳤다더니, 술 마셔도 괜찮은 거야?"

그의 말에 나는 물풍선에 바늘이라도 댄 것처럼 우왁하고 아픈 이야기를 토해냈다. 농구를 하다 염증이 생긴 이야기, 그래서 클라이밍으로 운동 종목을 바꾼 이야기, 근데 볼더링을 하다 떨어진 이야기, 운 나쁘게 연골판이 찢어진 이야기, 수술을 하고 이제껏 운동도 못 하고 있다는 이야기, 그런데 술까지 못 마셔서야 인생을 사는 의미라는 게 대체 있기나 한 것이냐는 이야기. 그는 내가 징징거리는 동안 오뎅탕과 참새구이를 반이나 넘게 집어 먹고는 이렇게 말했다.

"운이 나빠서 다친 게 아니라, 아마 그 다리를 다칠 때가 되었을 거야."

"갑자기 무슨 운명론?"

"운명론이 아니라, 몸이 그쪽으로 기울어 있던가. 낙법을 제대로 익히지 못해서 그랬거나. 아무튼 그럴 만한 요소들이 있었을 거라는 거지."

그러고 보면 세상 일 중에 진짜 '운이 나빠서 일어나기만 한 일'이라는 게 있을까. 그는 꼭 이렇게 맞는 이야기를 해서 술맛을 떨어지게 만들고, 할말이 없게 만들고, 할말이 없으니 술이나 마시게 만들고, 그래서 술맛이 떨어졌는데도 술을 마시게 만든다. 그런데도 주기적으로 그를 만나 술을 마시는 나를, 그도 나도 도통 이해할 수가 없다.

"내가 너랑 이야기를 하다 보면, 친구들이 왜 나랑 말하면 얄밉다고 하는지 알 것 같아."

"그래? 왜?"

"맞는 이야기를 하자고 술을 마시는 게 아니거든."

회장님과 술을 마신 지는 10년이 조금 넘었다. 알고 지낸 지는 15년 남짓 되었으나 술잔을 부딪치기까지는 몇 년의 세월이 더 걸렸다. 종로의 참새집에서 오뎅탕에 청하를, 홍대의 산울림1992에서 송명섭 막걸리에 육전을, 합정 디스틸바에서 맨해튼을, 청담 원스인어블루문에서 애플모히토를, 이태원 써스티몽크에서 바이엔슈테판을 마시며 우리는 서울의 밤거리를 쏘다녔다. 아, 세상은 넓고 마실 술은 많아라. 별 달리 함께하는 일도 없이, 딱히 나눠야 할 이야기도 없이 우리는 주기적으로 만나 술을 마셨다. 한 달에 한 번, 일 년에 열 번 정도. 가끔 친구들에게 내가 아직도 그와 술을 마신다고 하면 이런 감탄이 따라 오곤 했다.

"교수님을 아직도 만나?"

"그럼. 이제 교수님이라기보다는. 그냥 친구지."

"거의 환갑 다 되신 거 아냐? 그게 어떻게 친구야."

"이십 대 때는 좀 교수님 같았는데. 오래 만나다 보니까 그냥 다 비슷해. 같이 늙어가는 처지야."

그러게. 어쩌다 그와 이렇게 오래 술친구가 되었을까. 그가 술맛 떨어지게 맞는 이야기를 툭툭 해서인 것 같기도 하고, 그러다보면 내 친구들이 내게 얄밉다고 말하는 포인트가 뭔지 알 것 같기도 해서인가.

"우리가 어쩌다 이렇게 오래 만나는 것 같아?"

"글쎄. 너랑 나랑 좀 비슷해서?"

이럴 수가. 그는 또 재수 없게 맞는 말을 한다. 삶을 대하는 태도랄까. 열심히 살지만 또 어딘가 무심히 산다는 점에서 회장님과 나는 닮았다. 여러 사람과 쉽게 어울리지만 실은 곁을 잘 내어주지 않는 사람이라는 점에서도. 어디에도 집착하지 않는 게 실은 겁이 많아서라는 점도.

그는 기억할지 모르겠지만 나는 그를 술친구로 받아들이게 된 계기가 있었다. 그때 나는 누군가에게 마음을 너무 많이 주어버린 나머지, 남은 마음이 없어 끙끙 앓았다.

'텅 빈 마음'이라는 말이 왜 생겼는지 그때 나는 물리적으로 알 것 같았다. 밤에 느닷없이 달리기를 하거나, 혼자 빈속에 위스키를 마시거나, 아무에게나 눈을 찡긋거리면서 빈 마음을 채워보려 하던 때였다.

그때 내 마음이 텅 비어버린 것을, 회장님은 알았다. 힘내라거나, 괜찮을 거라거나 그런 이야기도 없이 회장님은 자신의 마음이 텅 비어버렸던 이야기를 했다. 그때의 풍경이 기억난다. 우리는 자주 가던 바에서 나란히 앉아 있었고 나는 지금이라면 절대 시키지 않을 핑크레이디라는 칵테일을 시켰었다.

어떤 위로는 그저 자신의 이야기를 들려주는 것으로도 충분하다는 걸 처음 알았다. 지금도 나는 그와 칵테일바에 가면 가끔 핑크레이디를 시킨다. 진에 계란 흰자와 그레나딘 시럽을 넣고 셰이킹해서 만든 그 칵테일은 이름에 걸맞게 핑크빛이다. 1911년 런던에서 연극 〈핑크레이디〉의 마지막날 공연을 기념하는 파티에서 주연 배우에게 바친 칵테일이라고 한다.

내가 회장님을 처음 만났을 때 나는 스무 살, 그는 마흔

다섯 살이었으므로, 그는 내가 산 생의 두 배 하고도 다섯 해를 더 산 셈이었다. 서른다섯과 예순이 된 지금은, 내 나이에 두 배를 곱하고 열을 빼야 회장님 나이가 된다. 우리는 아주 조금씩 가까워지는 셈이다.

　회장님과 내가 술친구가 된 데에도 그럴 만한 이유가 있었을 것이다. 내 오른쪽 무릎이 다친 것처럼, 그와 나도 친구가 될 만한 때가 되어서 그렇게 된 걸까.

어떤 술의
맥락과 기능

✻

친구들이 바를 차렸다. 쌀 없이는 살아도 술 없이는 못 산다고 주장하는 내게, 지인이 하는 술집이 있다는 건 하루가 끝나고 꼭 들러야 할 곳이 생겼다는 거였다. 게다가 술집은 우리집에서는 걸어서 5분, 사무실에서는 기어가도 3분 거리에 있었다. 이것은 술세권 아닌가. 나에게는 역세권보다, 초품아파트보다 프리미엄이 붙는다는 그 술세권! 이 정도면 하늘의 계시가 아닌가.

나는 이러저러한 핑계를 대며 술집을 들락거렸다. 여덟 명의 사장 중에 넷이 친구였으니, 운이 좋으면 하루 걸러 하루는 안주 서비스를 받을 수 있었다. 오늘은 일이 너무 고되었으니까 한 잔. 어제는 일이 너무 수월했으니까 한 잔. 오늘은 기분이 좋으니까 한 잔. 어제는 기분이 더러웠으니까 한 잔. 친구가 애인이 생기면 그 술집에 데려가서 한 잔. 친구가 애인과 헤어지면 또 가서 한 잔.

온갖 친구를 돌려가며 술집에 함께 갔다. 지난주에는 도라지와 그곳에 갔다. 도라지는 메뉴판에 우리나라 전통술이 많다고 행복해했다.

"황금보리소주가 있네. 소나무와 학도 있고. 아니, 선비진도 있고! 신례명주까지!"

"난 전통술 하면 어쩐지 막걸리밖에 떠오르는 게 없더라."

"막걸리에도 단계가 있는 거야."

"난 막걸리하면 땡볕에 논에서 일하다가, 새참이 오면 쪼르르 가서 마시는 장면이 생각나. 금색 그 플라스틱 그릇 같은 거에 콸콸콸 부어서 쫙 마시면, 땀에 젖은 옷 밑으로 막걸리가 흐르는 장면같은 거."

"그건 고통을 잊게 하는 술이지."

"고통을 더하는 술도 있어?"

도라지는 술에는 두 종류가 있다고 했다. 고통을 줄이게 하는 술과 쾌락을 더하게 하는 술. 내가 말하는 막걸리는 몸을 써서 일하는 사람의 술이라 했다. 고되게 일하고 나서 그 노동의 고통을 잊기 위해 참으로 마시는 탁주가 그런 술이라 했다. 나는 어느 한낮에 편의점에서 보았던 아저씨가 떠올랐다. 소주 한 병을 계산한 뒤, 라면 먹는 곳에 서서 반병을 원샷하던 아저씨는 낡은 작업복을 입고 있었다.

"술마다 맥락과 기능이 다른 거야."

"쾌락을 더하게 하는 술은 뭐가 있는데?"

도라지는 비싼 술은 보통 쾌락을 더하게 하는 술이라고 했다. 천천히 음미하면서 마셔야 하는 술. 잔의 10분의 일이나 채울까 말까 하면서 만 오천 원씩 받는 위스키나, 포장이 화려하고 이름이 긴 와인 같은 것들이 그렇다고. 막걸리는 보통 고통을 줄이는 술이었는데 고급화되면서 일부는 쾌락을 더하게 하는 술로도 자리를 잡았다고 했다. 나는 그의 교양에 감탄했다.

"나는 네가 철학 공부하는 사람이라는 게 이럴 때 실감 나더라."

"존 스튜어트 밀이 이런 이야기를 했는데 말이야."

한때 텔레비전에서 철학 강의로 얼굴을 자주 비추곤 했던 그는, 밀에 대한 강의를 짧게 들려주었다. 나는 그의 강의를 들으면서 선비진으로 만든 칵테일을 마셨다. 토끼소주라는 브랜드의 술인데, 미국인이 한국에 왔다가 소주의 매력에 빠져서 뉴욕에서 만든 술이다. 한국 노동자의 술이 뉴욕에 건너가더니 뾰로롱 고급소주가 된 것이 퍽 재미있었다. 고통을 잊게 하는 술도 자본이라는 옷을 입으면, 쾌락을 더하는 술로 변신할 수 있는 걸까?

술은 맛있고, 사장 친구는 바쁘고, 기분은 좋아서 나는 그의 강의를 이젠 모두 잊어버렸지만, 요는 그것 또한 공리주의적 관점으로 볼 수 있다는 거였다. 고통을 덜어내는 술을 마실 것이냐, 쾌락을 더하는 술을 마실 것이냐. 나는 냉큼 답했다.

"난 고통을 덜어내는 술도, 쾌락을 더하는 술도 많이 마실래."

"그래. 그럼 플러스 마이너스해서 영이 되는 거지."

"사는 것도 그렇게 살 거야. 행복하지도 슬프지도 않은 인생을 사느니, 죽도록 행복하고 미친 듯이 슬픈 게 나은 것 같아."

"그래. 넌 정말 그런 것 같더라."

시간을 x축으로, 감정을 y축으로 본다면 나는 진폭이 큰 삶을 살고 싶다. 어렸을 때부터 조금씩 진폭이 커졌다가 청년 즈음 되었을 때 가장 크면 좋겠다. 그리고 차츰 감정이 여위어도 괜찮을 것 같다.

"넌?"

"난 진폭이 크지 않은 삶이지. 감정도 그렇고."

무슨 일에도 잘 흔들리지 않는 도라지는 진폭이 좁은 삶을 살고 있다고 했다. 그리고 나이가 들면서 더 그렇다고. 기쁜 일이든 힘든 일이든 감정을 격하게 느끼는 일이 별로 없다고 했다. 그리고 그런 것도 나쁘지 않다고. 쉽게 흥분하지도, 화내지도 않는다고 했다. 그걸 부러워해야 하는지, 아니면 안타까워해야 하는 건지 알 수 없었다. 어쩌면 그건 어떤 생의 에너지랑 관련이 있는지도 모르겠다.

감정이 널뛰기하던 이십 대. 나는 내가 통제할 수 없는 감정 때문에 오래 고생을 했다. 마음은 안에 있는 거라던데, 아무래도 내 생각엔 밖에 있는 것만 같았다. 그렇지 않고서야 그렇게까지 제멋대로일 리가, 손에 잡히지 않을 리가 없었다. 갑작스러운 환희와 느닷없는 절망 때문에 나는 자주 피로했다.

'평생 이렇게 살아야 할까?'

'남들도 이런 걸까?'

고통은 그 자체보다 언제 끝날지 모른다는 불확실성 때문에 더 견디기 어렵다. 나는 불확실한 행복보다는 차라리 확실한 불행을 선택하는 게 낫다고 결론지었다. 아마 평생 이럴 거라고. 남들은 이렇지 않을 거라고. 기대가 없으면 실망도 없을 것 같았다. 바닥까지 내려가면 위에만 올려다보면 되니까.

이제는 그게 우울증이었다는 걸 안다. 평생 그러지 않는다는 것도, 남들이 다 그러지는 않았다는 것도 안다. 도라지 말이 맞다면 나이를 들면서 나의 감정 널뛰기도 점점 더 사그라들지 않을까. 그걸 좋아해야 할까? 아쉬워해야 할까?

도라지는 진도홍주랑 진저에일을 섞은 레드힐을 아주 천천히 마셨다. 붉은 그 술은 지난 달에 제주 우도에서 봤

던 노을빛과도 비슷했다. 우리는 확실히 쾌락을 더하는
술을 마시고 있는 셈이었다.

행복할 기회와
불행할 자유

칵테일바를 할 때 나는 아침 11시가 되어야 일어났다. 일어나서 암막 커튼을 걷으면 홍대 거리가 훤히 내려다보였다. 일찍 하루를 시작한 사람들의 피곤도 그때는 이미 지나간 후였다. 거리에는 생산적인 하루를 보내는 사람들의 에너지가 둥둥 떠다녔다. 택배 아저씨나 이른 점심을 먹으러 나온 직장인들을 보는 게 어떨 때는 좋았고, 또 어떨 때는 신경질이 났다. 다들 일하는 동안 나는 쿨쿨 잤다는 게 만족스러웠고, 가끔은 나만 엇박자로 춤추는 댄서가 된 것 같아 걱정이 됐다. 술아는 그에 대해 이렇게 일축했다.

"아침형 인간과 그렇지 않은 인간들의 차이점은 한 가지야. 아침형 인간이 유달리 으스된다는 것."

"그런데 넌 새벽 6시에 일어나잖아."

"대신 10시에 자잖아."

나와 팟캐스트를 같이 하는 술아는 엄청난 아침형 인간이다. 아니, 솔직히 새벽 6시에 일어나는 건 아침형 인간을 넘어서 미라클 모닝에 가까운 것 같다. 일어나면 그에게 이런저런 톡이 와 있다.

'이제 봤어. 방금 일어났어. 어디야?'

'카페에서 나가는 참이야. 점심 먹으려고.'

'대박. 우린 시차가 너무 심하다.'

그때 즈음이면 그는 아침을 먹고, 배드민턴을 치고, 집에 가서 샤워를 하고, 카페에 가서 일을 하고 있었다. 우리는 다른 나라에 사는 것 같았다. 시차를 계산해보니, 내가 로스앤젤레스나 파리에 산다면 딱 맞았다. 그럼 나도 푸른빛이 도는 새벽의 거리를 걸어 막 문을 연 빵집에서 크루아상을 사서 올 텐데. 나도 김연수 작가처럼 새벽 4시에 일어나니, 곧 그와 같이 될 수 있으리라 큰 소리도 쳐

볼 텐데. 아, 그렇지만 아침잠은 어이하여 이리도 달콤할꼬.

오테사 모시페그의 『내 휴식과 이완의 해』에는 한 해 동안 잠자기를 결심한 주인공이 나온다. 예쁜 얼굴에 부모님이 물려주신 재산으로 풍족하게 살고 있는 주인공은 간절히 하고 싶은 것도, 가까운 관계도 없다. 그는 잠이야말로 생산적인 일이라 생각한다.

"마침내 정말로 중요한 일을 하고 있었다. 잠이 생산적인 일이라고 느껴졌고, 무언가 정리되고 있었다."

소설 속 주인공의 말은 단순히 잠에 대한 찬미로만 이해되지는 않는다. 생산성, 효율성, 활동성에 대한 격려는 사람을 지치게 하는 데가 있다. 싱그러움, 피어남, 건강함, 찬란함, 건강, 행복에 대한 추종도 지겨울 때가 있다. 본능적으로 느껴지는 아름다움을 사랑하기란 얼마나 쉬운가. 젊음의 활기가 얼마나 아름다운지 입이 마르게 말할수록, 나이듦은 점점 쪼그라드는 것만 같다. 하루에 잠을 세 시간만 잔다면, 얼마나 많은 일을 할 수 있는지 이야기하는 건 나를 숨막히게 한다.

내가 운영하던 칵테일바에는 밤에 일하는 사람들이 종

종 왔다. 밤에 자주 오는 손님 중에는 내 친구, 힉시노도 있었다. 그의 전공은 물리학이었는데 가방끈이 너무 길어서 그가 높은 바 의자에 앉아도 가방끈이 질질 끌릴 정도였다. 힉시노는 AI나 빅데이터와 관련한 일을 한다는 걸 그다지 좋아하지 않았다.

"그런 일은 솔직히 내가 공부하던 건 아니니까."

"물리학이 그런 거 아는 거 아냐?"

"정확히 맞지는 않지."

"아…"

물리학이나 인공지능이나 빅데이터나. 내게는 다 아득하게 먼 이야기였다. 힉시노는 원하는 일을 하지 못하는 사람들이 그러하듯, 언제나 조금은 기운이 빠진 모습이었다. 겉으로 보기에는 꽤 성공한 스펙을 가지고 있음에도 불구하고 어딘가 실패한 사람의 쓸쓸함을 품고 있었다. 위태로움은 상당히 근사한 매력이지만 그만큼 독성도 강했다. 다행히 나는 그것에 내성이 있었다. 그가 무언가에 대단히 기뻐하거나, 호들갑을 떠는 일을 나는 본 적이 없었다. 몇 십 억짜리 사업을 따냈을 때도 그는 시종 우울해보였다. 나는 그게 어쩌면 세리머니가 없어서 그럴 수도 있겠다고 생각했다. 그가 다시 바에 왔을 때, 나는 힉시노를 위해 케이크를 준비했다.

"축하해!"

"사업 딴 거?"

"응. 선물도 있어. 사무실에 앉아서 볕을 못 보는 과학자를 위한 비타민D."

"고맙네."

"근데 고마운 표정이 전혀 아니네!"

그는 내가 준비한 케이크에 마지못해 불을 껐다. 성공한 과학자(본인은 학문을 하는 게 아니라서 끝내 과학자가 아니라고 주장했지만)를 위한 프렌치75도 만들어주었다. 진과 레몬즙, 설탕을 셰이킹한 후에 샴페인으로 채우는 프렌치75는 무언가를 축하할 때 많이 마시는 칵테일이다. 그는 이런 사업을 따기 위해서 몇 년 간 노력했지만, 막상 일이 그렇게 되고 보니 하나도 즐겁지 않다고 했다.

"그래도 사업을 따서 좋은 일도 있지 않아?"

"뭐, 있겠지."

"뭐가 있는데?"

"글쎄. 커피 살 때 돈 신경 쓰지 않는 거?"

"다른 건?"

"없는데."

"잘 생각해봐."

"커피 두 잔 살 때 돈 신경 쓰지 않는 거?"

나는 칵테일 값을 받지 않을 테니 대신 이번 성공으로 무엇이 좋은지 열 가지만 생각해보라고 했다. 그는 진지하게 내가 내민 펜과 종이를 받아들었다. 다른 테이블에 칵테일을 서빙하고 돌아와 숙제 검사를 하려 하니, 그가 자랑스럽게 종이를 내밀었다.

1. 오늘 커피 사 마실 때 돈 걱정 덜해서 좋다

2. 내일 커피 사 마실 때 돈 걱정 덜해서 좋다

3. 그 다음 날 커피 사 마실 때 돈 걱정 덜해도 된다

4. 위와 동일

5. 위와 동일

6. 위와 동일

7. 위와 동일

8. 위와 동일

9. 위와 동일

10. 위와 동일

끝

"좀 진지하게 해 봐!"

"이게 진지한 거야."

그는 진지하게 정말 좋은 건 그것밖에 생각나지 않는다고 했다. 나라면 그 돈으로 넓은 집을 얻을 텐데. 차도 홍이 것처럼 번쩍거리는 걸로 하나 살 텐데. 엄마에게 용돈도 두둑히 주고, 친구들에게 통 크게 선물도 사줄 텐데. 칵테일바에 가서 위스키 한 병을 통 크게 시킬 텐데. 그는 어째서 행복하지 않은 걸까.

나는 그에게 그런 숙제를 준 것이 미안해졌다. 그가 추구하는 어떤 감정은 세상 사람들이 행복이라 부르는 그것과 거리가 있는지도 모른다. 모두가 힘차고 밝은 세계에서, 희망과 긍정이 가능한 하루를 만들고 싶은 건 아닐 테니까. 어쩌면 나의 긍정에 대한 강요가 그에게 프로파간다적 요구로 느껴졌을지도 모르니까. 우리에게는 불행할 자유가 있지 않은가. 누군가는 행복할 기회와 불행할 자유 사이에서, 후자를 선택할 수도 있지 않은가.

칵테일바를 그만둔 지금도 나는 오전 11시에 일어난다. 커튼을 걷고 부지런히 하루를 보내는 사람들을 본다. 사람들은 반짝거리고, 잠이 덜 깬 나는 무기력하다. 이 달콤한 무기력함. 이 근사한 게으름.

마티니를
마시고 싶은 기분

007 시리즈의 마지막 편 〈007 노 타임 투 다이〉를 봤다. 싸움과 연애에 도가 튼 백인 남성 이야기를 좋아하는 게 사실 좀 겸연쩍기도 했지만, '뚜다다다당뚜다당' 하는 음악이 울리고 검은 배경에 흰 동그라미가 뜨기 시작하면 나도 모르게 엉덩이가 들썩거린다.

이제 나이가 꽤 든 제임스 본드는 도입부에서 매들린 스완과 함께 신나는 액션을 보여준다. 사방이 적으로 둘러싸인 파티장에서 세상에서 제일 불편해 보이는 턱시도를 입고 비처럼 내리는 총알을 뚫는다. 후다닥 달아나던 둘은 느닷없이 파티장에 있던 바에서 마티니를 한 잔씩 마신다.

'아니, 이 상황에 갑자기 마티니를 마신다고?'

상황이 상황인지라 둘은 마티니를 '마신다'기보다는 '들이켰다'. 게임 속에서 물약을 마셔 체력을 회복하는 캐릭터처럼 벌컥벌컥. 조용한 영화관에서 나의 자아가 내적고함을 질렀다.

'마티니를 그렇게 마시다니!'

마티니를 좋아한 건 제임스 본드만은 아니다. 헤밍웨이와 처칠도 마티니를 좋아했다고 한다. 진과 베르무트를 섞어 만드는 마티니는 깔끔하면서도 강렬한 맛을 낸다(제임스 본드는 보드카 마티니를 마신다). 천천히 조금씩, 도수 높은 술이 위를 타고 내려가는 걸 느끼며 먹을 때의 짜릿함이 좋다. 그런 마티니를 소주 털어 넣듯 홀쩍 마시다니. 아니야, 그건 아니야!

바를 할 때 사람들은 자주 마티니를 찾았다. 아마 한 번 정도는 들어본 칵테일이니까 그랬으리라 짐작한다. 그러면 나는 적당한 마티니를 추천해주고는 했다.

"식사는 하고 왔어요?"

"팔팔 끓인 돼지 김치찌개를 잔뜩 먹고 왔어요. 담배도 한 대 피웠더니 입 안이 썩어가는 것 같아요."

"입이 썩어가는 것 같을 때는 소독을 합시다!"

그에게는 드라이 마티니를 준다. 도수 높은 마티니는 쓴맛이 강해서 기존의 맛을 씻어내기 좋다. 베르무트에서는 산뜻한 풀향이 난다. 그래서 밥 먹기 전에 식전주로 마시는 사람도 많은 편이다.

"요즘은 어떻게 지내요?"

"일상이 똑같아요. 무감각해지는 것 같아요. 딱히 좋은 일도 싫은 일도 없어요."

"감각이 무뎌지나보다. 쓴단쓴단을 줘야겠다."

그에게는 에스프레소 마티니를 준다. 클래식 마티니와 다르게 보드카를 베이스로 하고, 에스프레소와 커피 리큐르, 설탕을 섞은 칵테일이다. 쓰고 단 맛이 섞인다. 달달함과 쌉싸름함이 섞인 칵테일이 으레 그러하듯, 이걸 마시는 사람은 자신이 취하는 줄도 모르고 계속 술을 들이켠다. 술이 그 사람 마음을 조금씩 흔드는 걸 본다. 감정을 잘 느끼지 못한다고 하는 사람들 중에는 슬픔이 자신을 잠식하지 않게 하기 위해 스스로 벽을 세운 경우가 있다. 그들은 모든 것이 무덤덤하고 어지간한 일에도 흔들리지 않는다. 슬픔에서 도망치다가 돌 같은 사람이 되어 버리는 걸까? 그에게 필요한 건 스스로를 좀 내려놓는 훈련, 내려놓을 만한 핑계일지도 모른다. 술만큼 이런 핑계가 잘 되어줄 수 있는 게 없다.

"저도 남들처럼 기운차고 생산적으로 살고 싶어요."

"남들이 생산적으로 살아요?"

"인스타 보면 그렇던데."

그에게는 산뜻한 애플 마티니를 준다. 보드카를 베이스로 하고 베르무트 대신 애플슈냅스를 넣어 클래식 마티니와는 완전히 다른 마티니다. 새콤한 맛 덕에 나른해지기보다는 가벼워지는 기분이 든다. 영화 〈소셜 네트워크〉에서 애플 마티니가 나온 이후로, 마크 저커버그는 애플마티니를 페이스북 공식 칵테일로 선정했다. 세계를 잠식하는 다국적기업이 선정한 공식 칵테일이라니. 어쩐지 근면한 노동자가 되어야 할 것만 같다.

티스비가 와서 마티니를 마시고 싶다고 했을 때는 결정이 쉽지 않았다. 티스비는 연극을 통해 알게 된 내 지인이다. 그가 무대에서 여러 얼굴로 변신하는 걸 본 나는 언제나 그의 천재성에 감탄한다. 그가 칵테일을 마실 때면 사람의 표정이라는 게 얼마나 다채롭게 변하는 지 알 수 있어 좋았다. 나는 은밀하게 그의 표정을 탐닉했다.

"남자친구 가게에서 일했으면 하시더라고요. 시부모님이."

"티스비도 직업이 있잖아요."

"제가 너무 현실감각이 없대요. 사실 철없다는 말을 돌려하는 거겠죠."

"왜 현실감각이 없대요?"

"솔직히 배우자감으로 연극하는 사람 좋아하는 이가 누가 있겠어요. 불안정하고, 돈도 못 벌고."

"처음엔 배우라서 멋있다고 했었잖아요."

"좋아했던 이유가 싫어하는 이유가 되기도 하더라고요. 사랑한 이유가 헤어지는 이유가 되고."

나는 고민하다 그에게 영화 〈킹스맨〉에 나온 에그시의 마티니를 만들어주었다. 영화 속에서 그는 마티니를 주문하며 이렇게 말한다.

"마티니. 보드카 말고 진으로, 10초간 저어서."

에그시의 마티니는 제임스 본드의 마티니 레시피와 정반대다. 보드카 대신 진, 흔들지 말고 저어서. 그는 아마 '젓지 말고 흔들어서'에 질릴 대로 질렸으리라. 다들 제임스 본드의 마티니를 기억한다 이거지? 나는 킹스맨의 마티니를 기억하게 해주겠어. 이런 마음이었을 수도 있다. 티스비가 10년이 넘게 한 연극 생활을 접고 갑자기 가게에서 일하는 모습은 잘 상상이 되지 않았다. 그게 그에게 맞는 옷일 거라는 생각도 들지 않았다. 티스비는 자신인 채로 사랑받을 수는 없는 걸까. 상대를 내가 원하는 대로 바꿔야만 사랑할 수 있는 거라면, 그게 티스비에게 맞는 사랑일지도 알 수가 없었다.

티스비에게 에그시의 마티니를 만들어주고, 나는 피오나 애플의 〈Why try to change me now〉를 틀어주었다. 그가 그의 작고 이상한 세계를 지켜나가길 바라면서.

Why can't I be more conventional?
People talk and they stare, so I try
But that can't be 'cause I can't see

My strange little world just go passing me by

Let people wonder

Let ´em laugh

Let ´em frown

You know I´ll love you till the moon´s upside down

Don´t you remember I was always your clown

Why try to change me now?